当芦花飘起

顾亚萍 著

北方文艺出版社
哈尔滨

图书在版编目（CIP）数据

当芦花飘起 / 顾亚萍著. -- 哈尔滨：北方文艺出版社, 2024.12. -- ISBN 978-7-5317-6452-6

Ⅰ. I267

中国国家版本馆CIP数据核字第2024XS1582号

当芦花飘起
DANG LUHUA PIAOQI

作　者 / 顾亚萍	
责任编辑 / 赵　芳	装帧设计 / 书香力扬
出版发行 / 北方文艺出版社	邮　编 / 150008
发行电话 / （0451）86825533	经　销 / 新华书店
地　址 / 哈尔滨市南岗区宣庆小区1号楼	网　址 / www.bfwy.com
印　刷 / 四川科德彩色数码科技有限公司	开　本 / 880mm×1230mm　1/32
字　数 / 194千	印　张 / 8.5
版　次 / 2024年12月第1版	印　次 / 2025年3月第1次印刷
书　号 / ISBN 978-7-5317-6452-6	定　价 / 48.00元

序

顾亚萍的文章写得很轻，我甚至觉得可以把它命名为轻散文。

以篇名作为书名的《当芦花飘起》写的是她在一个夜晚，散步来到公园——这是她的生活之轻。看到的是风中摇曳的芦花，从容淡定，有些唯美，于是回忆起童年奶奶家门前的那片水域，夏日里芦苇疯长像两道屏风，有船划过，竟一点儿都察觉不出来，倒是水鸭，总爱成群结队往芦苇深处游——一幅乡间动感十足的水墨画，或是现在的小视频，恬静而轻悦。在《金陆问茶》中，她写三月三郵江庙会，约了三五好友到金陆茶场去采摘，嫩绿的叶芽开了，四周围着白绒绒的毛，娇嫩欲滴——这是细节中的色彩之轻。当写到"一群可爱的鸟儿"时，她说，"每天，我的好心情，从这些可爱的小生灵'喇喇，啾啾'声中收获"（《享有小满足》）——这是她生活的轻盈之美。写到生活中的小事，即使费点小周折，她也只说了一句"生活中的小幸福很容易得到"（《修伞记》），而将"小幸福"之外的不快或麻烦轻快略过。

文集的第一辑都是风花雪月，都是轻而柔雅的调子。其实整个文集的六辑，包括写阅读、饮食、行游、怀旧，都是同一个调性——轻。

说到美食，家乡的特产，她恬淡而轻松，从原料采集到上灶烹饪，直到入口，也没有"哇——""啊——"的惊呼，而是以一种清闲的心情在悠然细品；同样，到处行游，撞见好风景的时候也是不慌不忙地有次序、有层次地描述，将瞬间的惊叹潜伏在轻描淡写的文字底下；即使在回忆旧事，也没有大起大落的跌宕，更不用说怒目圆睁的爱恨情仇了。这是她对文字的一种轻拢慢捻，也是她对生活的一种举重若轻，我往多了想，也许这就是她多年以来持有的一种生活姿态，一种不懈努力却又不刻意强求的自我向度；并不将生活看成对手，而是视作君子之交的老友。轻车简从，人生之路便是风轻云淡的坦途。

顾亚萍的文字不写气吞山河，不写壮怀激烈，也是无可挑剔的。从一个普通女子的视野，打量着周边的日常生活，最多延伸到一些闲情逸致，也是好的。这让我联想到传统绘画中的小品，那种花鸟虫草——一丛兰花或菜园子里碧绿的瓜藤，几块随意叠摆的湖石和躲在后面朝外张望的花猫⋯⋯它们总是那么轻灵，那么栩栩如生，活泼轻逸而极富趣意；也让我想到轻音乐的"轻"，它们就像是生活中的背景——不是可有可无的，而是因生活之重短暂忽略了而已，但当你忽地抬起头，瞄一眼高处和远处的时候那种妙音就会入耳。你要是仔细谛听，其实它们一直荡漾在你的身边，就如天地间原本就洋溢着的自然之籁。

轻具有一种优势，它可以随处起降，随处逗留，率性自由中还显现一种飞扬之美。但散文之轻需要在轻飘中灌注力量，让读者在不经意间被击中，原来生活中还有一种如此罕见的不能承受的轻。这是我们的文字要加以讲究的。

是为序。

成　风
2024年酷暑日于若根居

目录
CONTENTS

第一辑 听风

当芦花飘起 / 002

金陆问茶 / 004

修伞记 / 007

享有小满足 / 009

油菜花 / 011

木槿花开 / 015

深秋桂花香 / 018

雪的念想 / 021

到雁村留白 / 024

满堂红 / 027

梅溪听水 / 030

油菜花开　/　033

夏的光景　/　036

第二辑　行游

行走乡村，那些阳光灿烂的日子　/　042

浙东第一古村　/　046

大嵩岭下　/　049

漫步长乐林场　/　052

鲁迅故里游　/　054

走马塘古村游　/　057

去城杨慢慢变老　/　060

在指南村，万叶秋声里　/　063

俞山古道行　/　066

樱桃树下　/　069

枫泾古镇掠影　/　072

秋至北溪村　/　075

第三辑　味道

那味酱香　/　080

那一口软糯　/　083

来一碗酸爽 / 086

长街买蛏记 / 089

夏至杨梅 / 092

莼湖的牡蛎 / 095

青鱼划水 / 098

闲话宁波人米食 / 100

苔菜飘香时 / 104

薜荔微凉 / 107

腐皮也美丽 / 110

第四辑　回望

稻米飘香时 / 114

二月放鹞子 / 116

喜欢蔺草席 / 118

家有老物件 / 121

我读电大那会儿 / 123

端午往事 / 125

我的小藏书 / 127

过年穿新衣 / 131

那时元夕 / 133

儿时的暑寒假 / 135

记忆中的自行车　/　141

念及香樟　/　144

母亲的遗产　/　147

我的"乡下头"情结　/　149

第五辑　品读

快乐的摄影人（外二篇）　/　154

我所理解的好文章

　　——浅谈朱宝珠老师《蹿来蹿去的南瓜藤》一文　/　159

浅酌唐诗　/　161

心语二三　/　163

物华四五　/　167

爱上《诗经》　/　173

闲聊茶事　/　176

阅读就像阳光　/　179

品味宋词　/　182

闲读宋诗　/　185

文学写作的课堂练笔　/　188

那时梅开　/　191

范石湖的梅花　/　195

叠字诗，自《诗经》起　/　198

说说我的乡村类题材之写作 / 201

在老年大学的快乐奉献

　　——程班长采访手记 / 203

觉慧的逃离

　　——读小说《家》有感 / 206

我的旅游观 / 209

人生如茶沏淡浓 / 212

我与老年大学的文学缘 / 215

朱宝珠和文学社 / 218

阅读是一味清欢 / 222

第六辑　乡村记忆

横街的红色印记 / 226

唐诗之路栖霞坑 / 229

舍辋杂兴 / 237

明溪溯源 / 241

大堰村，时光穿过古宅 / 246

剡溪两曲 / 251

后记 / 256

听风

第一辑

当芦花飘起

一个秋日的夜晚，我散步来到公园，月光下瞧见河边影影绰绰的有几枝芦苇，在晚风中摇曳。它不疾不徐，从容淡定，有些洒脱，有些唯美。沉醉在这诗意中，令人不禁想起小时候的芦花。

童年时候，北仑大碶镇的奶奶家门前有一个坝，沿坝头两边居住着几户人家。坝是南北走向的，坝的西面是开阔的水域，水岸边生长着大批的野生芦苇。记忆中，这芦苇挤挤挨挨，从未停止过生长。每当春夏时节，青青的芦苇疯一样地长高，并开始抽出粉红色的花穗。一秆秆芦苇铺张开来，似一道屏风将河道两边分隔。船行其中，若不是桨板划过水面发出声音，竟一点儿都察觉不出来。倒是水鸭，总爱成群结队往芦苇深处游。每当有风吹过，芦苇就簌簌作响。

到了秋天，高高的芦苇叶子和穗子开始泛白、干枯，秋风稍有吹动，一秆秆芦苇身姿婆娑，大片大片洁白的芦花翩翩起舞，交织成密密的一团团、一层层，像柳絮，也像飞雪，老远就能看到。有些特别成熟的芦花，再也经不得秋风撩拨，径自飞出，落到田野里、房屋上，于是田野像是经历了一场霜，屋顶像是盖了一层薄薄的云丝被。

  我们跟着大人，看他们折芦苇秆子回家，编织成漂亮的小帽子或者小拎包；我们一起收集芦花，填塞到枕头中去，晚上靠着柔软的芦花枕头睡觉；我们用力把芦穗甩干净，看大人做成芦花笤帚，又轻又软，打扫起来一点儿也不费力。长大后，陆陆续续对芦苇又多了一些了解，知道苇秆还可以做造纸的原料。

  当芦花飘起，我们知道，芦苇经历过春的青葱翠绿、夏的生机勃勃，到了现在成熟的季节，是时候把最美的风韵回报给这个秋天了。

原载 2018 年 11 月 23 日《宁波晚报》

金陆问茶

一场春雨过后，山峦氤氲起来，清新的风捎带着淡淡的清香，顷刻间，那股茶香在天地间弥散开了。

我漫步在金陆村的茶园里，黛色的山峦下，满眼尽是层层叠叠一望无际的绿。这些浅绿的、翠绿的，又夹杂些许深绿的叶子，密密麻麻组合成一蓬蓬茶树，把我裹挟其中。往远处看，一垄垄茶树像是机器编织出来的巨大的绿色地毯，顺着坡的走向，纵横交错一直铺展到天边。几年前，零零星星种植在茶树间的早樱树，淡粉色的花朵虽然开得极为灿烂，却不引人注目。倒是这座清修寺，几间黄色的小屋，点缀在一片绿色中，把画面定格为诗。我心想着，若来一行采茶妇，穿行于茶树间，即刻就是一首茶与诗的交响曲。

金陆村的茶园里种植着4000亩的绿茶，其中有400亩的白茶。绿茶一年可采摘四次，春天是采茶的最佳时节，尤其是清明前采摘的茶，其外形、色泽、净度、内质、香气是一年中最好的。而白茶一年就只采摘一次，在每年的谷雨前采摘，因其产量少，价格比之绿茶要贵不少。

"春山谷雨前，并手摘芳烟。绿嫩难盈笼，清和易晚天。且招邻院客，试煮落花泉。地远劳相寄，无来又隔年。"唐代僧侣有饮茶风尚，晚唐著名诗僧齐己留下的这首《谢中上人寄茶》是与谷雨有关的茶诗。谷雨茶，是谷雨节气里采制的春茶，俗称"二春茶"，茶叶鲜活，香气怡人，品上一杯，着实享受。谷雨要喝谷雨茶，传说谷雨这天的茶有清火、辟邪、明目等功效。所以谷雨这天不管是什么天气，人们都会去茶山摘一些新茶回来喝。

鄞江镇从2002年开始从安吉引进品质纯正的白茶种植，金陆村是"它山堰"白茶的主要产地。"它山堰"白茶采用绿茶加工工艺制成，属绿茶类，其白色，是因为加工原料采自一种嫩叶全为白色的茶树。茶树产"白茶"时间很短，通常仅一个月左右。春季，因叶绿素缺失，在清明前萌发的嫩芽为白色。在谷雨前，色渐淡。至夏，芽叶恢复为全绿，与一般绿茶无异。"它山堰"白茶在特定的白化期内采摘，经过摊放、杀青、理条等制作工序，泡过之后其叶底呈现玉白色。啜一口，顿觉缕缕清香溢出，回味悠长，独特的色、香、味，赢得了爱茶人士的青睐。

《茶经》中说："茶之为饮，发乎神农氏。"相传，"神农尝百草，一日遇七十二毒，得荼（茶）而解之"。《神农食经》也有记载"茶茗久服，令人有力，悦志"。我因喜好喝茶，特意查看了相关资料，发现谷雨茶有清火去病、杀菌消毒和健牙护齿等作用与功效。

日常生活中，茶可饮，可品，可食。生于杭州的女作家张抗抗，偏爱绿茶，少年时去梅家坞采茶的时光，她至今难忘。"无数娇嫩的叶芽，从蓬勃的茶树上一片片翘首探头，用一双双小手轻轻采摘下来，小心地置于竹篓中，拇指与食指都被茶叶染得绿了。"她所描述的采茶场景，我也曾多次亲历。记得几年前的三月三鄞江庙会，我约了三五好友，到金陆茶场采摘绿茶。嫩绿的叶芽开了，四周围着白绒绒的毛，娇嫩欲滴。我们用食指和拇指捏住一芽一叶的分界处向上提，放进茶篓。回家后小心地把采摘来的嫩叶置于大锅上，用适当的火候炒制。茶叶经冲泡后，喝起来别有滋味。另外烹制成"龙井虾仁"也是极佳，把新鲜的茶叶嫩芽放到裹着蛋清的虾仁里一起烹制，一盘晶莹剔透似玉白般的虾仁，又点缀着翡翠般的嫩芽，光是闻着、看着已经是足够享受了。

原载 2019 年 5 月 8 日《宁波晚报》

修伞记

我有一把漂亮的伞坏了，需要修伞师傅修理。听说张师傅伞修得非常好，我得去找他修。

每星期六上午，他会在黄鹂新村摆摊修伞。下着小雨的那个星期六，我去等他，他没来。小区道路改造，地面开挖，连走路也多有不便，我问了附近修鞋摊的师傅，说是这段时间他们都改为双周来一次。再后来，或许是我耽搁了，或许是张师傅有事，这把伞被遗忘了。

转眼日子过了立夏，天气一天比一天热，特别是中午的日头越来越猛。出门要带阳伞，我就又记起这把阳伞来。深蓝色的珠光涤纶布伞面闪耀着绸缎般的光泽，用同色系的闪光丝线绣着大朵大朵的花，花朵上面密密地镶嵌着圆圆的银色装饰片，花朵的三片叶子延伸出去，与伞面边缘巧妙地组合在一起。伞面边缘用轻薄而通透的蕾丝面料装饰，蕾丝上面还三三两两镶嵌着银色装饰片。这把伞，展开来像是轻盈的蝴蝶羽翼，漂亮得惹人怜爱；撑起来有种雍容华贵、优雅神秘的艺术效果，总觉得气度不凡。伞内有黑色的涂层，隔绝了强烈的紫外线。每到夏日，人在火辣辣的日头下行走,张开伞,正午的阳光透过羽翼般的蕾丝,带给我一方清凉之地。

我喜欢我的伞,不想放弃它。这个星期六,在那栋楼房的屋檐下,我看到了张师傅。他悠闲地坐着,哼着歌,身边有序摆放着尖嘴钳等工具,以及铁丝和伞骨等配件材料。我快步上前,他接过伞简单翻看了一下,说道:"弹簧坏了,伞杆要换掉。"又指着面前摆放的一堆零件,问道,"你要哪一种?"话音没落,他早已飞快地从中挑选出一根来。他一手握住伞,一手拿着钳子,把扎牢在伞杆上的铅丝拆开,抽出,环绕在其中的伞骨们立即散开。零件在他的指间恰如其分地灵活转动,他的手法极其熟稔,不消几分钟,在我们聊天的当口儿已经为伞接骨换架,活儿干得干脆利落。我撑开伞,灵活依旧。我心里真是高兴,我喜爱的伞回来了,那种优雅而神秘的艺术气息又回来了,我又可以带着它行走在热辣辣的阳光下了。

有时,生活中的小幸福很容易得到,就像自己喜欢的这把伞。

原载 2019 年 6 月 11 日《宁波晚报》

享有小满足

"啁啁,啾啾",每个清晨,我总会被阳台上响起的音乐声唤醒。它们是一群可爱的鸟儿,是我家的常客。

我家阳台上堆砌着一座假山,假山底部泡在水池中,假山边上的一片绿植,要数紫藤花最美丽。鸟儿真是充满灵性的动物,它们总是会找到水源地。最初是一只鸟前来探路,喝足了水就在紫藤花间放声歌唱。我是听不懂鸟语的,想来大概是鸟儿在呼朋唤友,不一会儿,就又来了几只。"叽叽喳喳""啁啁啾啾",一时间,一片鼎沸。它们玲珑小巧,身姿轻盈,在水池边、树枝间欢快地跳来跳去,而先到的那只鸟高踞在最上面的枝头上,一派睥睨昂藏的神气。

每天,我的好心情,从这些可爱的小生灵"啁啁,啾啾"声中收获。

闲时喜欢去东部新城的生态长廊走走。这些天,油菜花已淡出了视野,轮到金鸡菊登场。在一片深深浅浅的绿色中,金鸡菊金黄色的花朵开放得绚丽夺目,抢尽了风头。若是慢行步道,沿路两旁开放的花朵列着密集的,像是夹道欢迎的队伍,蜿蜒着,迎你到长廊深处。若是晴天，有很多来这里赏花的人，这些"小太阳"与欢声笑语一起丰盈了时光，心一同灿烂起来。若是微雨，你大可撑一把花伞，徜徉其中，不远处高楼和桥梁的映像恰如海市蜃楼，隐在空蒙天色中，平添一份情趣，令人不禁吟诗作词。更有凉风捎带着雨水及草木的清香迎面吹来，顿觉神清气爽，哪怕有一丝丝的疲惫，也立马被风带走了。正如徐志摩所言，"就这单纯的呼吸已是无穷的愉快"。

这满目的花草啊，总是在合适的时机展示自己。睡莲还在酝酿花朵，而湿地边的菖蒲蹿高了，蓬蓬勃勃，硕大的花也绽放了，我想，该是它最美的时候了。

原载 2019 年 6 月 13 日《宁波晚报》

油菜花

古往今来，关于油菜花的诗词有很多，宋代诗人杨万里的这首诗最为人熟悉："篱落疏疏一径深，树头新绿未成阴。儿童急走追黄蝶，飞入菜花无处寻。"一幅春意盎然的儿童扑蝶图映入眼帘。

我喜欢油菜花。

每年春风一起，田畴里嫩绿的油菜开始出蕻，继而鹅黄色的花朵渐次绽放开来，连成一片，铺成了黄色的海洋。每到这时，我总会情不自禁地去找寻这片花海，让自己被黄色包围。当我身陷其中，立马有一阵阵清香扑过来，其中还夹杂着青草和泥土的馨香，沁人心脾，使我陶醉。我随手捧起一朵朵油菜花来，细细观赏，有的结满了簇簇花蕾，花蕾上冒出串串鹅黄色的花蕊；有的四瓣早已绽放开来，吐出几根小巧纤细的花蕊；还有的隐藏在绿色枝干里，黄色的小花半开着，在绿叶的映衬下是那么淡雅清秀，它们和着春风婆娑起舞，招引蜜蜂和蝴蝶的追逐，真是"留连戏蝶时时舞"。

油菜花，早些年在乡间田野是再平常不过的作物，如今它已蜕变成一道美丽的风景线。当它还是嫩绿的油菜时，就得到了人们"菜蕻炒年糕，味道交关好"的赞誉，还被晾制成舌尖上的美味——菜蕻干。我记得，那时候住在老房子，每年的二月初，正是油菜上市的时候，母亲总会买来菜蕻。菜蕻的主蕻比较粗壮，用来炒煮；晾菜蕻干要买小一些的油菜或是边蕻。我把菜洗干净，看着母亲把菜蕻在开水里氽过，至七八分熟的样子就捞出，晾到通风阴凉处的塑料绳上。待风吹干，用剪刀剪成三厘米长的一段段。因为不是太阳晒的，晾干的菜蕻干仍是碧绿青翠的颜色，所以又叫"万年青"。几撮菜蕻干，一小把鳀鱼，冲泡成一碗菜蕻干汤，清口又鲜美。若是再滴上几滴小车麻油，则满屋飘香，有时就冲这份香还要多吃一碗饭呢。

"凌寒冒雪几经霜，一沐春风万顷黄。"春风过处，密密麻麻的金黄迎风摇曳于稠密的绿叶之上，田野上满眼都是黄绿间杂的色彩，将乡村装点得分外美丽，人们争相去花海赏花，由此催热了乡村的"美丽经济"，带来了一方农人的经济收入。前两年，我去有着"浙东小婺源"美称的奉化西畈村赏花，六百多亩油菜花在富有层次感的梯状山坡上蔓延盛开，从盘山公路顶部由上往下望去，一片片黄色的海洋，白墙黛瓦的村庄镶嵌其中，还有洁白的梨花点缀其间，犹如一幅巨大的油画。村里为丰富赏花内容，在油菜花海中还布置了写意稻草人、《西游记》情节造型和抬轿子迎亲民俗等稻草制品。我沿着蜿蜒的田埂，慢行至花间，油菜花似一块绸缎随风轻翻，把我揽进它织就的油画里。漫山遍野的一片金黄自然逃不过摄影爱好者的镜头，每年的盛花期也是摄影爱好者的创作丰收期，他们支起三脚架，套上长焦镜头，把乡村的美丽永远定格。

千百年来，油菜花恐怕是最早并且影响最大的一种田野之花。人们喜爱油菜花，因为它就在普通人的生活中。宋人黄公绍在《望江南》中这样写道："思晴好，日影漏些儿。油菜花间蝴蝶舞，刺桐枝上鹁鸠啼。闲坐看春犁。"人们喜爱油菜花，赞美它的出现绝非那种零星小块的小家子气，往往是漫山遍野的大场面。唐代诗人司空图在《独望》中写道："绿树连村暗，黄花出陌稀。远陂春草绿，犹有水禽飞。"诗人把一幅宁静清新而又充满生机的乡村景貌生动地展现在读者眼前，黄花（油菜花）繁密茂盛，只有在离田间小路越来越远时才显得越来越少，此诗不仅显出春日悦目的美景，而且还孕育着丰收在望的景象。

油菜花是一种比较普遍且有实用价值的农作物。到了三月下旬，金黄色的油菜花开始了一边凋谢一边结荚的过程。初夏时分，油菜株秆已由浅绿色慢慢转变成土黄色，果实完全成熟。刘文芳在《油菜花吟》中曰："姿容清丽厌奢华，淡淡平平不自夸。羞去院庭争宿地，乐来田野绽黄花。小园安暧焉贪此，大宇风云独恋它。耐得无人观赏后，痴心结籽为农家！"陈仲芳《咏油菜花》曰："根含地气三冬旺，枝纳天香四月稠。朵朵金花娇艳艳，层层碧叶嫩柔柔。风扶日照舒胸意，蝶舞蜂飞壮眼眸。待到茎悬褐荚熟，颗颗果实报农酬。"到了收割的季节，农人们把菜秆晒干，轻轻用短木棍敲打，芝麻粒大小的褐色油菜籽蹦了出来，用于榨油。透明金黄又浓香熏人的菜籽油，是我国千百年来的食用油。"映带斜阳金满眼，荚残骨碎籽犹香。"油菜花完成了其蓬蓬勃勃、轰轰烈烈的一生，留香人间。

油菜花，是上天赐予人类最具观赏性和实用性的农作物之一。连乾隆皇帝也写了一首《菜花》诗赞道："黄萼裳裳绿叶稠，千村欣卜榨新油。爱他生计资民用，不是闲花野草流。"

原载 2020 年 4 月 25 日《宁波晚报》

木槿花开

夏秋之际,木槿花悄无声息地开了。

木槿花也叫朝开暮落花。据说,每一朵花只开一天,早上开了,晚上或是第二天早晨就凋落了,所以有"中庭有槿花,荣落同一晨"的诗句,意为一天之内,即荣枯一生尽矣。"风露凄凄秋景繁,可怜荣落在朝昏。"唐代诗人李商隐的《槿花》诗也佐证了它朝开暮落的说法。

木槿花是美丽的。三千年前《诗经·郑风·有女同车》中有:"有女同车,颜如舜华。将翱将翔,佩玉琼琚。彼美孟姜,洵美且都。有女同行,颜如舜英。将翱将翔,佩玉将将。彼美孟姜,德音不忘。"木槿花被称为"舜英"或"舜华",一说女子的容颜如木槿花一样美丽,二说木槿花花期之短,朝开暮落。

木槿,落叶灌木,旧时多漫栽木槿成篱落,现在城市园林种植的木槿越来越少。木槿花真如诗中所言的朝开暮落吗?我有些怀疑。为了证实,我找遍家附近的几个小区,未果。恍然记起曾经在南雅社区有过偶遇,决定专程去看看。小区游泳池南面的道路边上种植了十几株木槿,早上的阳光已为花儿们撒上了一层薄薄的金粉,淡粉色的花瓣,嫩黄色的花蕊向外伸张着,缀着粉嘟嘟的花粉,花瓣边压着边,就像一张张笑脸,又像含笑的清水芙蓉。在一树粉红中,有一枝斜伸出来的,是一朵将开未开的钟形成熟花苞,枝条顶部还有好几个正在成长中的小花苞。我微微蹲下身体,用手机把它们镶嵌在蓝天和小区房屋的背景中记录下来。

夕阳西下时,经历过白天日头的暴晒,早上开放的花朵全身收缩了些,但没枯萎,那朵成熟花苞努力地往外撑开了些,变成半开花苞。第二天一早,这些花居然重新开了,与边上的半开花苞成挤挤挨挨之状。我想,许是经历过几千年的岁月,花儿的性情也有了改变。

木槿花,可以说是我最早认识的花之一。我的童年是在乡下奶奶家度过的,邻居家和奶奶家小花园的隔离围栏就是一道木槿篱笆。每年自夏始,木槿花前赴后继地开着,我从没关注过它能开多少朵花,只看见它开得无穷无尽。到了农历七月初七,我们一早就提着篮子去摘槿叶。从一株株木槿树上,采摘下新鲜的叶子,到河埠头里洗干净后,放进加了温水的脸盆里,双手轻轻揉搓,待槿叶中搓出一种黏黏的绿色汁液,再搓几下,将叶子捞出,绿莹莹的水便是天然的洗发液,用这水洗头,头发变得柔柔滑滑的,比起我们平时用肥皂洗,那可是要柔顺许多,用我奶奶的话来说,苍蝇停上去都要打滑的。只是这种原生态的好东西我们不会贮存,也只有在每年的这一天里享用。木槿花瓣还能炸着吃、炒着吃,还可以治烫伤等,我却没尝试过。

相传,当年武则天命令百花在隆冬齐放,牡丹和木槿偏偏不遵天后旨意。牡丹遭了灭顶之灾，那木槿也从此被移出御花园，在民间扎起篱笆，成为低贱的下等之花。倘若历史果真如此，反倒成就了我们美好的童趣。如今难得看到木槿花开得满树烂漫如锦，不禁勾起了我的童年记忆，看着它，感到格外亲切。

想起普希金的诗："而那逝去的，将变为可爱。"

原载 2020 年 9 月 24 日《奉化日报》

深秋桂花香

深秋时节,桂花飘香。

此时,金桂、银桂、丹桂、四季桂,用自己的那些花,那些叶,那些香,纷纷在空气中营造若有若无又无处不在的香气,令人无时无刻不感受到它们的甜蜜。

家里是坐不住了,得出门赏桂去。赏桂,以塔峙岙为好。素有"浙江桂花第一村"美誉的塔峙岙社区西岙村,早在明清时就开始种植桂花,这三百多棵古老的桂花树,大多拥有三四百年的历史,形成百年金桂花林之景。桂花开时,漫山遍野弥漫着浓郁的芳香。

一年一度的乡村旅游桂花节后,不少游客兴致不减,继续参与"打桂花"。我站在木樨园的一株百年金桂树下,抬头望去,桂树枝干粗壮,枝叶繁茂,直径十多米的树冠上,密集地开满了一串串金色的小花朵,微风过处,飘落下来的花瓣像一只只小铃铛。

千万朵桂花,如碎米一般,带着山野的香,凝聚了清凉的风,脱离了树枝母体,义无反顾直奔大地。刹那间,地上铺就了一层金地毯。这满满的香气,一丝丝地往人鼻孔里钻,衣袖里蹿,人到哪香到哪,直教人晕头转向。

桂花的香飘过了千百年,它的名字从古诗文里的木樨、岩桂之类变换成现在我们熟悉的桂花。自古以来,有多少名人雅士为之吟诵。朱淑真的"弹压西风擅众芳,十分秋色为君忙。一枝淡贮书窗下,人与花心各自香",赞美了桂花的品格和风韵。明代诗人周用诗曰:"天香料理一万斛,散作人间八月秋。"民间还将八月美名曰"桂月",因八月桂花飘香。每年中秋前后,空气里便弥漫着或浓或淡的桂花香。因花开中秋前后,桂花和月亮之间,自然有了很多传说故事。比如吴刚伐桂,传说他学仙有过,被责罚在月宫伐树,但此桂能自己愈合斧伤,不知要砍到什么时候是个尽头。而最浪漫的传说,是桂子来自月宫,所以才会如此之香。

桂花的好不仅在于欣赏价值,更因其食用价值,成为舌尖上的香。尤其金桂,香气最为浓郁,因此常用来制作桂花糕点、糖桂花、酿酒等。每当吃宁波特产猪油汤团时,总免不了要放上一撮糖桂花,而摇下来的新鲜桂花,就是制作糖桂花的最佳食材。

挑净桂花梗,用清水洗一下,放入一勺盐,加入直饮水,浸泡十分钟杀菌,然后沥干。广口的玻璃瓶底部先铺上一层砂糖,再铺上一层桂花,一层砂糖一层桂花,最上层用砂糖压实,包上保鲜膜,盖上盖子,放置阴凉处发酵,一周后移至冰箱,这样的糖桂花可保存两三年。另外,挑干净的桂花,铺开在簟子上,晒上几天太阳,晒干后收在铁盒子里。桂花糕、桂花茶、桂花糖、糯米桂花藕……哪一样少得了桂花的点缀?

细碎秀美的桂,点缀在食物之上,色香俱全,令人胃口大开。无论在哪个季节,总能记起秋的美好。

原载 2020 年 10 月 22 日《奉化日报》

雪的念想

寒冬来临。虽说节气早已过了小雪，气温也降至个位数，但离下雪还是有较远的距离。近些年，甬城的雪是越发稀罕了，若是下了也是化得快，早早地没了踪影。忆起2018年底的冬天，倒像模像样地下过一场。

那个傍晚，窗外飘起了雪花，我一阵高兴。守着窗儿，热切地盼望大雪降临。天空中轻舞慢扬的小雪花夹带着丝丝细雨，刚一下，细雨倒成了主角，小雪花还来不及拥抱大地，半路生生地被雨融化了。俗话说"冬雪是宝，春雪是草"，我知道一场冬雪对于农事是多么重要。

是夜，雪花静静地飘了一夜。我想，赏雪还得去东钱湖，一早就匆匆出发。当我到达殷湾村的时候，只见满目银装素裹，天地宛如初妆，素衣清简。远处临湖的一排白墙黑瓦上已被白雪装扮成经霜的模样，湖边闲坐的一溜长椅变成了画家笔下的静物，一条小船点缀在广袤的碧湖中，若不是渔人收网起起落落的动作，时而打破这寂静的画面，竟疑是误入仙境。"孤舟蓑笠翁，独钓寒江雪。"谁能想到如此寒冷的雪天还有湖上的劳作，这一份渔获里包含着多少的辛劳啊！

孩提时专注于玩的乐趣。记得小时候的冬天总是异常寒冷，每到下大雪，尤其是到了晚上，雪一如既往地悄无声息，等到第二天起床，惊奇地发现，屋檐下挂满了晶莹剔透的冰凌，我们拗来几根，嚼起来嘎嘣脆。戴好帽子、手套，全副武装冲出门，和小伙伴一起滚雪球、堆雪人、打雪仗。偶尔也会支起箩筐诱捕鸟禽，那些经不住秕谷诱惑的鸟儿，一旦进入我们预谋的包围圈，这时藏在暗处的我们用力拉动绳子，箩筐就像是一个天罗罩从天而降，它们就再也逃不脱了。

诗人们对雪情有独钟。古代，诗人并不把雪称之为雪，而是赋予了它更美的名字，例如寒酥、琼花、凝雨等，"朝来试看青枝上，几朵寒酥未肯消""落尽琼花天不惜，封它梅蕊玉无香""独有凝雨姿，贞婉而无殉"。江南一带少有"燕山雪花大如席"的壮观，定有"忽如一夜春风来，千树万树梨花开"的浪漫。

在古代文人看来，下雪天最风雅的事，莫过于邀约三五亲朋好友，煮雪烹茶，围炉夜话。明代文人高濂的《山窗听雪敲竹》里说："飞雪有声，惟在竹间最雅。山窗寒夜时，听雪洒竹林，淅沥萧萧，连翻瑟瑟，声韵悠然，逸我清听。忽尔回风交急，折竹一声，使我寒毡增冷。暗想金屋人欢，玉笙声醉，恐此非尔所欢。"此等雅致，令人遐想。

历代诗人吟诵出许多脍炙人口的诗篇，成就了冬季里的最美恋歌。冬，没有了斑斓秋叶的诱惑，日子变得简单、纯粹，凭空生出许多时间可以安静地读书写字，可以让心灵放空，荡涤胸襟，坦然面对过往的荣辱。抑或约上三五好友，把酒话桑麻，"六出飞花入户时，坐看青竹变琼枝"，飘雪的日子平添许多情趣，最是人生美好时光！

原载 2020 年 12 月 1 日《鄞州日报》

到雁村留白

中国书画的高超，胜在留白。苏轼曾这样评价："萧散简远，妙在笔画之外。"寥寥数笔，于方寸之间勾勒天地，于无画之处生妙境。庄子云："虚室生白，吉祥止止。"只有空的房间才会显得敞亮，如果房间里堆满了东西，光线就透不进去；而吉祥之事则会在内心宁静的状态下持续出现。

人的心何尝不是房子。心里装的东西多了，难免会有杂物和垃圾，定期放空一下，把蒙蔽心灵的尘埃扫空，心境便会变得清澈明朗。

每隔一些日子，我都会来到这里。雁村的夏天，梅溪水愈发惹人喜欢，到村里走动的人多了起来，还是因为白岩山上开满了小黄花。

春天，溪边的老樟树们全部换上了新叶，老枫杨垂下一串串长长的绿色小铃铛，倒映成碧色的溪。到了夏天，这些浓烈的老树，依傍着溪水更加蓬蓬勃勃，尤其是雨后，一团团叶绿得像要滴下翠来，特别引人注目。有些溪水已经漫过了溪中的蹬脚石，但还是那样潺潺。澄澈的溪水里，鱼儿活泼起来，追得鸭子成群结队地游得欢快。

"从前的日色变得慢，车，马，邮件都慢。"古桥边，老屋前，一群老人坐着闲聊，在这个四百年的老村，静静地生活着。桥头，几个出摊售卖自家粽子、土豆的妇人，也不殷勤招徕，从山那边奉化菩提岭古道过来的团队，有时二十几人，有时二三人，全凭个人喜好，你买几个充饥，他买几个尝鲜，随意随便。

七座古桥将村庄两岸串联起来，有人闲坐其中一座桥上，往溪里撒了一把鱼饵，等鱼聚集。这人钓鱼，看似漫不经心，一会儿放线，一会儿收线，也没见多少时辰，鱼就满了半桶，他说闲来没事，就拿钓鱼消遣。拿回家，弄弄干净，煎煎炸炸，就着小酒，日子倒也舒坦。

雁村是塘溪最边缘也是最高的一个山村，因整个村庄形状像一只展翅的大雁而得名，民居靠山沿溪而筑，门前是经久不息的梅溪水，门后靠着白岩山。六十多岁的童家婆婆是土生土长的雁村人，她把梅溪水接入灶间，用自己种的农产品在村口办起了农家乐。有些人喜欢上了这里，经常会来走走，尝尝这些地道的味道。

沿溪往山里走，有摘蓝莓的园子，矗立在山顶上的风车场，有高高的风车在迎风转动。我亦喜欢看看崖下的农田，认认茄子，识识豆角，见见南瓜爬藤，闻闻木槿花香，都是城里不太常见的东西。有几只七星瓢虫攀上嫩绿的草秆，爬动得那么缓慢，竟有些可爱。古道边大片叫不上名的草，黄黄的，看似枯萎，实则充满唯美诗意。

我往山里走上一段路，与一位开农家乐的老农并肩，问他去何处，说是去自家的地里弄些东西。越来越多的城里人，一有空就往村里跑，有说是放空，有说是留白，有说就是来看看溪水。我窃笑，想也如此。虚寂生智慧，空旷生明朗。留白是一种闲适的生活态度，留白并不是空白，而是在空白的空间里，让另一种美好填补。

原载 2021 年 6 月 16 日《宁波晚报》

满堂红

我们宁波人称之为"满堂红"的凤仙花，是我国的原生草本植物，花色有粉红、紫、白、大红、玫瑰红等，有单瓣和重瓣。因单瓣花"宛如飞凤，头翅尾足俱全"，翩翩然"欲羽化而登仙"得名；重瓣花如盛开的小牡丹，花团别致。凤仙花又因能染指甲而被称为指甲草、指甲花。花期很长，每年从夏初至秋天连续盛开。

在《诗经·卫风·硕人》中，"手如柔荑，肤如凝脂，领如蝤蛴，齿如瓠犀，螓首蛾眉"，把手形容为白茅柔嫩的芽，是中国女性对手部美态的追求标准。根据《采药录》《古今事物考》《陔余丛考》等文献记载，染甲习惯在中国留存久远，战国时已出现，并在唐宋之际盛行。古代妇女多以凤仙花作为染料。南宋周密《癸辛杂识》记载：将凤仙花捣碎，加入少许明矾，再浸透到棉纱上，缠裹在指甲上一晚，如此重复三至四次，指甲则可染至深红色。

"细看金凤小花丛，费尽司花染作工。雪色白边袍色紫，更饶深浅四般红。"杨万里这首咏金凤花的诗写得格外细腻真切。

他赞美金凤花色彩艳丽,是费尽了司花色的神工,流露出他对金凤花的喜爱之情。

凤仙花,古称金凤花、指甲草、指甲花。"染红女儿纤纤指,粉白黛绿更增妍。"染红指甲在宋代女性中非常流行,久而久之形成了七夕捣凤仙花染指甲的习俗,并一直流传下来。清代文学家洪亮吉也曾撰写《十二月词之七》一诗,他在诗中写道:"七月七日侵晓妆,牛郎庙中烧股香……君不见东家女儿结束工,染得指甲如花红。斜簪茉莉作幡胜,鬓影过处绕香风。"

记得小时候,凤仙花是一种常见的花草,用凤仙花染指甲,我们称为"包满堂红"。我家隔壁商业新村两幢楼房间的空地上有十几株满堂红,粗壮的花秆长得高高大大的,几乎齐腰高,每到开花时节,大红的、粉红的、白色的,还有红白相间的花朵,映衬在绿绿的锯齿边的叶子中,五颜六色,漂亮极了。凤仙花开得最盛时,有的整株开满了红花,叶子都快被红花掩盖了,只看见一团火红。所以,我们知道为什么凤仙花也叫"满堂红"了。

白天,我们将挑选来的花放在干净的容器中,加入适量的明矾一起捣碎,有时没有明矾,就用家里的食盐代替,再到附近的农田里摘来一些毛豆叶子备用。到了晚上就寝前,将十个指甲清洁干净后,同伴将捣碎的花汁均匀涂抹在我的指甲上,用毛豆叶子包裹起来,并用棉纱线扎紧,在手指上形成一个个紧密的套子。

晚上,凉席上的我满腹心事,连翻身都不敢,半夜如厕都是小心翼翼,怕一不小心把套子睡脱了。第二天一早起来先看指甲,第一次包的颜色是淡淡的桃花粉色,小伙伴何玲说她紫葡萄似的深红色指甲是包了七次，而且用颜色越深的花，指甲会染得越红。有了第一次的经验，再包指甲就去摘颜色深的花，大红的不够用粉红的替补，再不济才用白色的花。有次和小伙伴们一起包指甲，花不够用了，只得用叶子补充。一次次地重复后，指甲越来越红，花越来越少。凤仙花落后就结出如枣核形状的果实，果实成熟后，核房会自动胀裂，花籽自动脱落下来。凤仙花有极强的生命力，籽无论落到泥土里还是砖石的缝隙里，只要来年有些许水分，它都会茁壮地成长，还是那般花团锦簇和明艳照人。

我国民间流传着许多关于凤仙花的故事。一个美丽的姑娘，打柴时手指被树枝压伤，鲜血直流，手指都变黑了。病情越来越严重，有一天，昏迷中的她仿佛听见一个仙女对她说："西边紫云峰上有一种仙草，是凤凰从蓬莱山噙来的，这种花能治好你的指甲。"第二天，姑娘到紫云峰山顶上找到了这株绿叶红花，连根拔起捧着下山，栽到自家院子里，掐下几株嫩枝和几朵鲜花，用嫩枝熬水洗手，把鲜花捣烂涂在指甲上。几天后，手肿消退，指甲由黑变红润。

凤仙花的花语是"怀念过去"，人们常把它赠送给朋友，代表怀念和对方在一起的点滴。夏夜已深，凤仙花开，我回忆起那些染红纤纤指尖的夜晚，是如此美好。

原载 2021 年 8 月 31 日《鄞州日报》

梅溪听水

在有"鄞南福地，灵秀横溪"之美誉的横溪镇内，大梅山藏风纳水。源于邬姚村北侧燕墩岗山麓的柞坑水鸪岩的梅溪，流经上山坑时，过梅山桥后，大水造就一个深潭，即梅龙潭；流入下山坑村口时，先与大沙基溪坑合并，此后横贯整个下山坑村，穿过梅隐桥后又与下明坑溪合并，再经三角龙潭、仙人井、龙王堂沉水潭，入芝山，穿梅溪桥，流入梅溪水库。

我是在春夏之交从塘溪的新勇村沿横邹线，一路往上溯溪走到下山坑村的。这条名为梅溪的崎岖长溪，溪道里怪石嶙峋，清澈的溪水在乱石间缓缓流淌，淙淙作响。溪畔有一块巨石，上面写着四个红色大字"渐入佳境"。正如这块巨石所言，从这里往上走，景色是越发精彩了。公路一侧傍山，山上的小黄花赶趟似的尽情比美；另一侧临崖，崖对面隔着溪，层层叠叠连绵的竹林拥翠，映照得梅溪水也是绿的了。山路坡度不高，蜿蜒着，光是走着吹吹风，往下面看看溪水，已是十分美好了，更何况"云气转幽寂，溪流无是非"，你可以什么都不想，也可以无限遐想。

走不多远，到了芝山古村。梅溪流经芝山村时变得宽阔而平坦，溪水平静而温柔，溪上有若干漫水坝，溪水只在漫水坝的隘口处发出汩汩的流动声。村民从高高的护堤间埠头走下来，在漫水坝上洗洗涮涮着人间烟火。再往上走，过了芝山桥，溪水拐了一个弯，溪面逼仄了些，溪中迎来两处浅潭，溪上架着两座石桥。这里树木葱茏，繁茂的枝叶斜伸向水面，溪水在树荫下轻轻流淌，清澈见底。再走不多远，溪水从一个大潭里奔流出来，我们走到溪中，与它来个亲密接触。

沉水潭天生而成，在一块巨石中间，潭大致呈圆形，直径二十米左右，水深五六米，潭墩中间开了宽约两米、高约一米半的水渠，上面的水从这水渠流到潭头里，形成了两米左右的浅水滩，其水深只有半米左右，可供歇脚和游玩。沉水潭还是天然的浴室，尤其夏天，总有孩子们在其中戏水游泳。这里林密竹茂、山清水秀、村幽溪静，实在不辜负石刻上"洗心"两字。

我前些年走过俞山古道，从俞山古村出发，由岩山嵩古道、梅溪古道和捣臼湾古道这三段村际古道组成，再回到俞山古村。其中有一段路包括了龙王塘及后面走到的梅隐古桥，因此对仙人井有所了解。仙人井龙潭造型奇特，一石成潭，三四十平方米，潭岸、潭壁、潭底共一石，形如放大了的石臼，上方有一块巨石矗立如屏障。平时上溪之水从巨石两侧钻出，后倒悬流下，形成几条细细瀑布散落在仙人井上，水花飞溅，煞是好看。若遇上发大水，洪峰从上往下，到仙人井上方被大石一挡，遂成狂涛飞瀑，居高临下，咆哮直泻，激起阵阵巨浪，轰然雷鸣，附带泥石从仙人井席卷而出，如此年深日久，仙人井越卷越大，越卷越深。仙人井潭面呈圆形，岩石突兀内倾，口小腹大，活像灶上的

第一辑 听风 031

汤锅，令人不能不赞叹自然造化的神奇。为何取名仙人井，有一个传说称汉朝梅子真炼丹取水之井即为仙人井。仙人井老龙威名四扬，旧时四面八方求雨请龙圣者众多。传说井底前通咸祥大嵩江，后连横溪后寺河。仙人井岸边建的亭子，上面刻有对联"衣荷食松法常结庐悟禅道，采药炼丹子真遁隐称梅仙"，是为说明。

从仙人井龙潭沿梅溪逆流而上，至下山坑村，还可看到三角龙潭、梅隐桥等。村里在这段长约一千五百米的古道溪边建造了全新的卵石步道，很适合亲水走走。溪水一如既往清澈，溪流或湍急，有如瀑练，发出轰隆隆的声响，从高处泻下，溅在山石上，让人想到"谁持彩练当空舞"的壮阔画面；或平缓，安静如处子般静静流淌而下，令人感叹岁月的静好和时光的从容。只是那些溪水或勇敢豪迈，或温婉如玉，都已一去不回头，就像人生不能再重走一般。

我站在龙王塘的亭子前，看着那副对联，"松竹竞翠数峰半落青天外，桃李争妍两水追逐梅溪中"。来到这个青山绿水的好地方，享受着天然氧吧的待遇，如果再带顶帐篷，在溪边安营扎寨，早上起来爬山看日出，晚上枕着梅溪，在溪水絮语中睡去，岂不是更加惬意。

原载2022年5月19日《鄞州日报》

油菜花开

油菜花开满眼黄,大自然贡献出无限诗意。去西畈村赏油菜花,是我每个春天都要做的事。

在西畈村,我站在山岗上往下看,近千亩的梯田上,一层层黄绿相间的色彩铺泻而下,白墙黛瓦的村舍镶嵌其中,犹如一幅美丽的风景画,令人流连忘返。走近看,这一株小小的油菜花,十字形的四瓣花,外貌极其平凡,没有月季、玫瑰、牡丹那样层层叠叠的花瓣与多变的姿态、奇异的色彩,只有粗壮的根茎、茂密的叶。油菜花只是自始至终坚持一身黄色,那样充满朝气的鲜黄,当它们大片大片聚在一起的时候,直让人置身于梦幻之中。

油菜花不仅是朴素而美丽的,它还是一株古老又平凡的花。

"莺飞草长三月天,油菜花开满山间。"自古到今,这金灿灿、清香四溢的油菜花,一直受到人们的喜爱。在古人充满诗意的眼眸里,别有一番韵味,留下的大量描写油菜花的诗句中,以宋人杨万里的诗最为我们熟知。八百多年前的一个春天,他路经新市,借宿在一家徐记酒店时,见到了顽童、油菜花、黄蝶相映成趣的美丽画面,即兴写道:"篱落疏疏一径深,树头新绿未成阴。儿童急走追黄蝶，飞入菜花无处寻。"描写生动传神，充满了童趣。诗人通过对油菜花的描写，抒发了他对无忧无虑的田园生活的向往。

宋人范成大在《四时田园杂兴》中写道："梅子金黄杏子肥，麦花雪白菜花稀。日长篱落无人过，惟有蜻蜓蛱蝶飞。"清人王文治在《安宁道中即事》中写道："夜来春雨润垂杨，春水新生不满塘。日暮平原风过处，菜花香杂豆花香。"诗人认为，油菜花从来就独自扎根于土地，以它独有的方式盛开。它是最平凡的花，无论是宽阔的谷地，辽阔的平原，还是高低不平的丘陵，只要撒下一粒种子，经过冬蕴春发，就会蓬勃向上生长。它不以奇异恢宏夺目，更不以新巧别致喜人，贵在其自然清新、真诚热烈。

我知道，各种花都有一定的含义，油菜花即使再普通，也有自己的花语。希腊神话里记载过爱神出生时创造了玫瑰的故事，玫瑰从那个时代起就成了爱情的代名词。油菜花虽比不得玫瑰的高贵圣洁，也没有奇异的花香，它只是散发出纯朴的、泥土般清新的芳香，人们还是赋予了它独特的花语。因为油菜花的生命力十分顽强，并且是大片聚集在一起生长的，所以就有了"加油"的花语，象征着生机、精力旺盛、快乐和正能量的精神。

我沉浸在这如诗如画的油菜花海里，想到油菜花开过后，它的美丽将一边凋谢一边结荚。到初夏，油菜成熟的果实——褐色的油菜籽用于榨油，成为透明金黄又散发浓香的菜籽油，成为我国千百年来的食用油。油菜花完成其蓬蓬勃勃、轰轰烈烈的美丽一生后，留香人间。

试想，如果没有油菜花，春天定不会如此美丽多姿。由此，我想到，即便是出身卑微，只要心中有理想，再平凡的人也能让人惊艳。

原载 2023 年 4 月 6 日《奉化日报》

夏的光景

一

每年四月，我家北阳台的紫藤才慢悠悠地开始抽芽，它总是要比别人家的紫藤绿得慢。这株紫藤花树栽种了好多年，先生每天浇水侍弄，为它修剪造型，花了很多心思。我也没去深究，为什么它不会开花。可它一旦抽芽，爆出绿来，速度却是相当快，不消几日，就绿成了一帘。

痴迷于它，以及周围的假山、鸭脚木还有六月雪，虽然它们都是无花的绿色植物。当然，六月雪是会开花的，它开白色的很小的花，几乎让人忽略。北阳台还有其他的花草，也都是绿色的植物，它们不开花，只是一味地绿。当紫藤花的绿满了架，就成了一幅用白描手法作的画，它是绝对的主角，其他花草则成为画的点缀。

我喜欢站在这幅画前往窗外看，对面人家也住在绿色中。

南阳台是两个连起来的大阳台，植有花、树。前些年从安徽卖花渔村回来，几株梅花老桩加入这个群体，每年冬春之交有一个月的"暗香浮动月黄昏"，之后就只是绿；鸭脚木树和榕树站在阳台一侧，其绿叶宽大且密集，浓荫萋萋，是绿植中当之无愧的长者；铁线蕨类以其低微的姿态，丝丝缕缕、柔柔软软地蔓延，负责盆景造型美；三七藤蔓多而细软，它伸出一条条触须，在空中寻可以依赖的伙伴，一旦有微风助力，攀上旁边的鹊梅，从此就缠缠绵绵，专心去结它的果实；一株芭蕉树、一棵银杏树、一棵柚子树，都在自己绿的领地各领风骚；蓝莓开了花，叫来蜜蜂采蜜，又结出果实，让鸟儿每天一早叽叽喳喳像报时一样来闹醒我们。

阳台是我的植物王国，几十盆花花草草是我的草木《诗经》，我和先生各自分块负责施肥浇水，草木报之其叶萋萋。

窗外是小区的绿化领地。我家住二楼，北边的几株金桂花树，高大得快与我的目光齐平，每年金秋时节，它们会挂满一树金色的小铃铛，送出浓浓的桂花香一月有余。现正披着一身绿装，为金秋积聚能量。南边有一株枇杷树，我需要抬头才能看到它的树尖，这段时间，它巨大的苍苍绿叶下，正挂满了一树蓬勃的青果，不日将进入流金岁月。茶花在春天里开得灿烂无边，海棠花也谢幕已久，它们与其他绿叶灌木一起其叶采采。

我在阳台内望向阳台外，夏木阴阴，岁月静好。

二

日子到了夏天，雨水明显增多，时不时会来一场雨。夏雨，是陆游笔下"风如拔山怒，雨如决河倾"的猛烈，是苏轼笔下"黑云翻墨未遮山，白雨跳珠乱入船"的洒脱，是杜牧笔下的"可惜和风夜来雨，醉中虚度打窗声"的宁静，还是文天祥笔下

"山河破碎风飘絮,身世浮沉雨打萍"的忧愁。在诗人笔下,夏雨有着别样的美丽。

古人提出一人独享之乐的二十四件事之一是"听雨"。林语堂说过,听雨最好在夏日的山寺中,图的就是一种心境。丰子恺在《山中避雨》一文中说到,当年与伴一起游玩西湖山中,天忽下雨,原本仓皇奔走,避雨在小庙,觉得扫兴。后却被山中阻雨的一种寂寥而深沉的趣味牵引了感兴,反觉得比晴天游山趣味更好。所谓"山色空蒙雨亦奇",他由此体会了这种境界的好处。

于我而言,也有难忘的几场雨,记忆犹新。

"落雨嘞,打烊嘞,蝙蝠老鼠开会嘞……"小时候的夏天,每到下雨,我们总会念起这样的童谣。

那时候,我们穿着塑料鞋,下雨天是不怕弄湿鞋的。雨后地上积了一摊摊的水,稍浅些的,小伙伴们用来踩踏,水花四溅开来,小有开心;稍深些的,蹚水进去,带鞋用脚舀起水,又倒出,这样的动作重复好几次,顺便就把泥脚丫洗了个干净。

到了暑假,我住到奶奶家的乡下头,门前的小河,成为小伙伴们欢乐的海洋。每天好容易挨到午后三四点钟光景,赤着脚急不可耐地跑出去,跳进河里,击水花、打水仗,是家常便饭。遇到下雨的时候,还不舍回家,把头埋进水里,抬起,一遍遍任雨浇淋。奶奶来催,干脆潜入,但终究在水中屏不住气,只能浮出水面。

我普通话学得好,经常在课堂里代老师教同学们。有一次,下午的最后一节课,外面下起了大雨,我正在教同学们学拼音,我姐姐来送伞,她没打扰我,悄悄地放下伞就离开了。我在讲台上教着拼音，有调皮的男同学拿起伞学着阉鸡师傅的样子，嬉笑着说"节鸡"，一时间课堂笑成一片，我心里是暖暖的，知道有了这把伞，外面再大的风雨也不用害怕。

日子转眼立夏，自然界的风物，随着季节的转换而不断更新。草木荫浓，令人高兴，梅雨后入，顺其自然。夏的蓬勃，夏的向上，是夏最美的光景。

写于 2023 年 5 月

行游

第二辑

行走乡村，那些阳光灿烂的日子

从工作岗位上退下来后，一直忙碌的节奏就变得慢下来了，空闲的日子开始变多，过去由于工作忙喜欢做而又不能实现的事，比如旅行，现在就可轻松着手了。

宁波有很多的乡村，我的行走就先从乡村开始吧。

一

象山县墙头镇的方家岙村，坐落于西沪港畔，大雷山脚下，拥有独特的山水资源和优美的村落环境，是象山县首批十大美丽村庄之一，浙江省森林村庄，宁波市首批"最洁美村庄"。

没走乡村前，乡村给人的印象总是茅草、柴屋、泥路。走进方家岙村，看到村子里有很多干净的老房子，老房子墙头爬满了绿色植物，有一种植物还可用来制作"木莲冻"小吃。"宁可食无肉，不可居无竹"，村里几乎每户人家的院子里或多或少有几棵竹子，风姿雅致，而各种盆景更是遍地开花。有一座瑞安古桥，整座桥身披满荒草野藤，在阳光下显得古朴和壮美。古桥边百年古树临水而立，清澈见底的溪水蜿蜒曲折，绕村而过。还有一条长约1000米,有着"象山第一长廊"之称的"十八景长廊"生态溪流观光长廊。

村子里有很多农家乐旅馆,一个人一天只需花上150元,就能美美地吃上象山港的海鲜大餐了。这样的村子干净漂亮得如同旅游景区。

去年5月,时任省委书记的夏宝龙轻车简从来到方家岙村。在农家客栈用过晚餐,走村串户,夜访农家,参观了该村生态观光长廊、环溪观光游步道、露天健身广场、农村淘宝店等场所。

二

"千年古堰""宁波之根""甬城之源",说的就是鄞江古镇。

"垒石为堰于两山间",唐太和七年(833)县令王元暐主持建造的它山堰是我国现存的古代四大著名水利工程之一。历经千余年风霜雨雪和洪水的冲击,至今仍基本完好,继续发挥阻咸、蓄淡和排涝功能。而上化山自古就是鄞江小溪石的原产地,也是它山堰坝体石材的取材地。上化山石宕开采于元成宗大德元年(1297),采石历史延续700年,废弃至今,成为人造的石窟、石壁景观。

鄞江古镇还有始建于明朝的它山堰的配套工程石砌单孔石拱桥,浙江省第一座木结构风雨大桥鄞江桥,相传是唐代大诗人贺知章隐居地的鲍家墈村,还有金陆村美丽的茶园。

走进晴江岸村远近闻名的栲树林——电影《田螺姑娘》《真命小和尚》《难忘的战斗》的取景地体验。坐上竹筏,沿着樟溪河漂流,是一件多么惬意的事。没有汹涌澎湃的溪流,有的只是两岸如画的风景，河中垂钓的景致，微风拂面，撩动心弦，直叫人想唱上一曲《让我们荡起双桨》。

三

还行走过很多古镇乡村，还尝试过很多乡村美食，还看到过很多独特的风景，还听到过很多古老的传说……

这些行走过的乡村，各有其美丽的地方。为了让更多的人了解乡村，认识乡村，我用诗歌、游记散文或配图解说的形式来记录并分享在各大平台，其中在"宁波旅游"公众号上的文章阅读量半年内遥遥领先，远远高出其他文章的阅读量，并由此带动了乡村旅游，给村民们增加了收入来源。

再来说说一件特别的事。

去年在宁波帮博物馆做志愿者时，正值馆内举办"乡贤李达三特展"。

李达三，1921年出生于宁波市鄞县东钱湖镇，1945年毕业于复旦大学，1949年抵港经商。1967年4月，宁波旅港同乡会正式成立。随后被推举为会长的他与同仁一起，广征会员、自置会所、兴办学校。同乡会创办的宁波公学和宁波第二中学面向全港社会招生，40余年来培养了大批出类拔萃的人才。李达三的社会声望和组织才能，令他与多个社会组织、同乡组织结下不解之缘。他的积极奔走与有力号召，极大地促进了香港与内地的沟通合作。20世纪末，李达三重返故乡，捐资20万元帮助村里安装自来水，后又捐资60万元帮助镇上中学建造教学楼"李达三楼"。此后，他数十年如一日，始终以一片热诚之心投身教育慈善事业，更于近年频繁向香港、内地各大高校捐献巨资，设立奖学金、基金会等。

在得知东钱湖镇沙家垫村是李达三的故乡后，我马上驱车前往。在村主任的一路陪同下，我来到了李氏老宅"李亨房"参观，当年捐资纪念石碑等一应物件都被我拍摄并用文字在东钱湖旅游官网做了详细介绍，并由此让更多人了解到李达三不仅是一个社会活动家，也是一个公益慈善家。

当时的沙家垫村面临旧村改造，我恐怕会影响到李氏旧宅，故立即向市文保部门做了反映。

前不久，甬派客户端记者报道了李达三东钱湖旧居重启修复，今后免费开放的消息，我很是高兴。

文字与摄影都是对当时的记录。当一篇篇行走乡村的图文登载在媒体上，我对自己拍摄的图片质量越来越不满意，提高摄影技术的愿望也越来越强烈。于是，我走进了鄞州区老年大学民安校区的摄影班。

坐在明亮的教室里学习，感觉现在正是阳光灿烂的日子。

写于 2017 年 11 月

浙东第一古村

"四明山水天下异，东湖景物尤佳致。中有村墟号韩岭，渔歌樵斧声相参。"1140 年，南宋丞相史浩路过此地赋诗一首，说的就是东钱湖边的韩岭古村。

韩岭古村坐落于福泉山与金峨山两条余脉所形成的峡谷喇叭口中，是一个依山傍水的古老村庄。村子三面环山，一面临湖，山水相依，风景旖旎，周围青山绿水环绕，湖光山色辉映，两条清溪穿村而过，一条老街纵贯其中。

浙东第一古街

步入韩岭村，号称"浙东第一古街"的老街便映入眼帘，老街分前街后街，贯穿全村，如今仍然保持着几百年前的风貌。

20 世纪 30 年代，老街长 600 米，从南向北穿村而过，这里大小商店就有 110 余家。到了 20 世纪 50 年代末，随着附近集镇道路的修通，韩岭水运中转站的作用逐渐消失，此地始归寂寞。

如今 100 多个店铺组成的古街虽已被岁月的风霜侵蚀得有些陈旧，但两旁一栋连着一栋的二层楼房，灰瓦白墙，红漆门面，绵延向前，仍然保持着几百年前的风貌，当年集市留下来的地名，如"竹棚根""柴场"等依然保留着。

清澈如带的小溪环绕全村，潺潺溪水流过屋前屋后。村子里的老人们或晒着太阳，或悠闲地漫步于斗折蛇行的街巷里弄。

俞阿婆今年已95岁了，说起以往，她仍思路清晰。俞阿婆年轻时在人民公社办的食堂里工作，去往象山港的客人都是在食堂就餐，那时候人头攒动，场面非常热闹。如今，儿孙在城镇里生活，而她宁愿守着祖居老屋，舍不得离开。

村子里外来的人口逐渐增多了，但村民们都还保持着自制番薯粉、晒鱼干等传统。

后街是以古宅院落为主的民居

韩岭历史悠久，名胜古迹众多，文化底蕴深厚。从前街走进后街，可见大宅深院，高高的围墙，精致的雕梁画栋，诉说着当年的繁华。气派非凡的金氏祠堂是韩岭村众多宗祠中，至今保存下来的最后一处，也是最完好的一处。

明代重臣金忠及其兄金华所住的楼群就在中街，金忠曾辅佐明燕王朱棣夺取政权，官拜兵部尚书，他的父亲也做过尚书。"金氏门楼"四个金字如今仍清晰可见。

金姓是韩岭村的大姓，中国第一位女留学生金雅妹就出于韩岭，甬上烟厂创始人金吟笙也出于韩岭。而孙、郑、史等族也是门庭显赫，尤其是史姓，其上代有"一门三宰相，四世二封主"之称。

金老伯是金氏后人，今年63岁。我们见到他的时候，他正摆弄着手中的捕虾工具。据他说，整个韩岭村目前只有他一人还在干着捕虾的行当。湖虾是东钱湖的湖鲜四宝之一，味道鲜美无比。

20世纪70年代末，沙耆先生的居所是一座独门小院，门上书"竹苞松茂"四字，画家就是在这里度过了一段幸福的晚年时光。

晴朗天空映衬下的河流、树木、村庄、草地，一派南国特有的旖旎风光，这是画坛巨匠沙耆寓居韩岭十余年后，触景生情而创作的油画《韩岭小景》中的美景。

如今，画家已逝，而韩岭古村依然静卧在东钱湖南岸，村外青山依旧，村内小溪长流，古朴的民居伫立……只是老街不见了往日的车马喧嚣，令人感慨往事如风。

原载 2016 年 3 月 6 日《乡下头》

大嵩岭下

眼见着昨晚下了一夜的雪,心里惦念着洋山村,一早就急吼吼地往山村赶。

雪天的洋山村已经被白雪覆盖,天地间充满了浪漫素雅的情调。拾级而上,抬头见几株古树依然挺拔傲立,农家小院的篱笆墙挂满了晶莹的雪珠,一片柑橘林不声不响地享受着难得的滋润,屋顶上黑的瓦片全部被白雪包围,隐隐地有些瓦槽的痕迹。墙边角落里被雪浸润的小物件,在平常最是普通不过了,今日竟生出些许陌生和新鲜感。村子里静悄悄的,少有人走动,空气中安静得只听见雪化滴水的声音,整个村子仿佛还在梦中不曾醒来。雪地上有鸡群走动,留下了它们跑跳的踪迹,狗儿是不惧寒的,偶尔跑出来用灵动打破宁静。

我漫步在雪天的洋山村,好似回到了唐诗宋词的年代,置身于一段古老的岁月之中。

这个古老的村子,坐落在东钱湖以东的大嵩岭下,南依福泉山望海峰,西与绿野村接壤,北通东吴镇周家岙,韩天线公路从村口过。从村子往山上走,便是大嵩岭。大嵩岭横跨海拔550多米的福泉山麓之中，明清时期修筑的这条大嵩岭古道，始于瞻岐镇大嵩古城，终点为东钱湖镇的洋山村。旧时，这条古道是大嵩、咸祥、象山百姓出入宁波、上海的重要通道，也是历届鄞县知县来大嵩处理政务，官轿进出的官道。这条古道南面平且短，北面陡且长，路面全用鹅卵石铺设而成，沿溪而筑。岭两边因地势险要建有8座单孔石拱洞桥。古道沿途有甘露寺、挂岩、仙人脚印石、福泉山农林场、福泉亭遗址等景点。一路流水潺潺，空谷传音，树木参天。登上福泉山顶，见象山港白帆点点，青山碧海，心情也随之开阔。从山顶可以看到整个福泉山万亩茶园，一阵阵风吹过，飘来茶叶的清香，令人心旷神怡。

古道上的故事多。大嵩岭古道经过洋山村直接连着东钱湖下水村的船码头，以前滨海的人，都是走大嵩岭古道，从东钱湖坐航船到宁波城办事，挑夫把大嵩的盐及渔货贩卖到下水，又把市区日用百货从下水挑到大嵩等地。当年这条道上来往行人不绝。

随着现代交通的发展，这条古道开始慢慢冷落下来。现如今，古道成为户外爱好者徒步的好地方。每年一到秋冬季，大嵩岭古道自然也是热闹非凡。

今年50多岁的毛阿姨是从咸祥镇过来的，特意从古道上翻岭到下面的洋山村。每年年底到春笋还未上市的这段时间，洋山村的箭竹笋特别鲜美。她是镇上有名的拗笋能手，遇上天气好的日子，她就去采挖箭竹笋。光是卖箭竹笋，她一年的收入就有好几万元。去挖笋的路上还可以健身，真可谓一举两得。

大嵩岭下的洋山村，有耕田670亩，山林4300亩。村子共有常住人口200人，以中老年为主，以俞姓居多，少有外来人口。

有三条溪流穿村而过，最有名的就是这条大嵩溪。村中的古树很多，粗壮的古树枝干挺拔，叶子碧绿茂盛，整个村庄常年笼罩在一片绿意葱茏中。从村民的口中我们了解到，村内环境资源相对丰富，山林面积大，村民们的主要经济来源是种植杜鹃、桂花等花木，家庭年收入少的有6万~7万元，多的则有20万~30万元。

村子里最有故事的要数这个大墙门了。大墙门曾被皇帝封赏过，那时候经过大墙门口，文官要下轿，武官要下马。现在村里对大墙门的房子进行了修缮，里面的30间房子的主人都是住了几十年的老邻居，彼此互相照应着，还是照旧生活，没有因为现代日渐增多的游客而改变原来的生活方式。人们日常用水基本全都是门口大嵩溪里的水，烧饭做菜就在竹柴烧的大锅里。每天早上鸡鸣声此起彼伏，白天溪畔传来阵阵捣衣声，傍晚炊烟袅袅，这是个充满原汁原味生活气息的古老乡村。

原载2019年1月10日《宁波晚报》

漫步长乐林场

早就听说临安的长乐林场很美，尤其到了秋天，枫叶红、杉叶黄，这是山林最美的季节。

顾不得气象预报说有雨水要光顾，只想着见惯了阳光下山林秋叶娇艳的一面，不曾看到过烟雨蒙蒙中深秋的另一面有多美。约上几位好友，这就出发了。

沿村道进入甘岭水库，走在水库大坝上，远眺山脚下一片绿色中隐约还有白墙黛瓦的村舍，恰似一幅山居图。

面积达2.4万亩的长乐林场，森林覆盖率达91.2%。它的美，主要体现在这里的"野趣"上。这是一座天然的林场，有无数高大的樟、榧、枫、杉树木，一到秋天，这里就是色彩的海洋了。而且完全保留着天然未开发的样子，不收门票，没有小贩，可谓真正的"天然去雕饰"。

长乐林场的小路上积着厚厚的落叶，仿佛多年来都未曾被清理过。踏上落叶满地的小道，感受着这如梦般的秋色。

翻过一座小山坡，到了水库的一边。往水库中看去，有一些水杉，树干挺拔，状如雨伞，浸润在水库边浅浅的湖水中，灵动的湖水映衬着优美的树，好似一幅水粉画。沿着道路可通向密林深处，路两边的树叶基本上都是金黄的，中间也夹杂着一些来不及赶上这金黄的绿绿的叶子，黄和绿交织在一起，像一幅织锦缎，说不出的绚烂艳丽。

这里看起来像英国小说家达芙妮·杜穆里埃笔下的美景：成排的杉树林一眼看不到头。

走过这片杉树林，到达山顶，再次被眼前的景色惊艳。此时我们看到一片金黄色的世界，杉树松针如同金黄色的地毯一般铺着，踏上去很柔软，感觉还有弹性，高大的松树疏朗地排列其中，树的枝丫以非常优美的姿态舒展开来，密密麻麻，层层叠叠。这美景吸引了大家驻足，刚好有一家人大手牵小手去往密林更深处。这一幕是油画还是童话，就任我们自己想象了。

雨水此时也来凑热闹了，我们绕过山路走上水库的另一边。山上时不时也有红枫点缀其中，远远望去就像一团团红色的火焰，走近些，有些枫叶早就红透了，在雨水浸润中娇羞着、灿烂着，有些还等着多些阳光雨露的滋润。捧起一把散落的枫叶，在手掌中展开，那红彤彤的叶面上有着清晰的脉络，边缘有着均匀的锯齿，又像是一把扇子，美极了！

烟雨蒙蒙，行走在空蒙山色中的我们，也是这幅水墨画中的景物。

原载 2019 年 11 月 25 日《鄞州日报》

鲁迅故里游

随着宁波至绍兴的城际列车开通，去绍兴鲁迅故里游玩，成为更加方便的事。前段时间，我就实践了一回。从南站城际列车站购买了纸质车票，经 90 分钟时间到了绍兴火车站。出火车站，乘坐旅游专线的巴士和公交车都能到达鲁迅故里。我从网上查看了线路，也就 3000 多米的路程，我决定步行。

鲁迅中路上的鲁迅故里景区入口处，迎接我们的是一整版洋溢着浓郁水乡风情的大型浮雕，浮雕上镌刻着鲁迅的半身像以及"鲁迅故里"四个苍劲有力的大字。一条古色古香黑白色调的江南小巷由近至远，景点分布在小巷的两边，一条小河傍着黛瓦白墙，有许多乌篷船荡漾其中。鲁迅故里景区包括鲁迅祖居、鲁迅故居、三味书屋、百草园等鲁迅曾经生活过的地方，是原汁原味解读鲁迅作品、品味鲁迅笔下风物、感受鲁迅当年生活情境的真实场所。

乌篷船码头边，过小桥，首先进入的是三味书屋。三味书屋是寿镜吾老先生开的私塾，鲁迅 12 岁到 17 岁时在这儿就读过。这里一张刻有"早"字的鲁迅书桌，特别引起我的注意。"时间就是生命。"鲁迅的告诫影响着几代人，时至今日仍有其现实意义所在。出三味书屋，到了鲁迅先生笔下令人神往的百草园。现在的百草园除南北两端被改变外，基本保持原貌，西边的矮墙上爬满了郁郁葱葱的植物，园子里也是绿色一片。对于看惯了高墙上四角天空的童年鲁迅来说，那时候百草园无疑是最美妙的乐园，鲁迅把他的那份乐趣记入了文中，以此为素材写下了著名的描述童年的散文《从百草园到三味书屋》，留给我们隽永的回味和无穷的想象。

鲁迅故里占地约 50 公顷，坐北朝南，砖木结构，房舍多达百间。鲁迅祖居、鲁迅故居都是白墙黑瓦，典型的绍兴建筑。鲁迅在这里度过了童年和少年时期。小巷里有许多景点指引牌，它能帮我们很快地找到要去的地方。土谷祠是鲁迅笔下有较多描绘的场景地，如《阿 Q 正传》等，现在已是冷冷清清，很少有人涉足。

鲁迅纪念馆是一定要去的。纪念馆收藏着大量与鲁迅有关的近现代的革命文物、地方文献。其基本陈列由鲁迅故居、百草园、三味书屋、鲁迅祖居原状陈列和鲁迅生平事迹陈列厅的辅助陈列所组成。展览通过大量的实物、手稿、照片、书信、图表、模型等展品，生动地再现了鲁迅一生的光辉业绩，既有鲁迅青少年时期的绍兴地方特色，反映了绍兴乡土文化对鲁迅的熏陶和早期家庭变故对鲁迅的影响，同时又有鲁迅在上海十年韧性战斗的重点，真实形象地展现了鲁迅思想发展的历程。

从鲁迅故里西面出来，还有一处必去之地，那就是鲁迅先生的文章《孔乙己》中出现的咸亨酒店。进入店内，但见挂有一块牌子，上书孔乙己在某年三月六日喝酒赊账"欠十九钱"，堂间百仙桌摆有几十张，每个桌牌上孔乙己的画像下写着名句："多乎哉？不多也！"选一处坐下，桌牌上的二维码用来扫码点餐，臭豆腐、霉干菜扣肉、茴香豆和一盏黄酒是最受欢迎的，扫码结账付了款，菜品很快上来，现代社会再也不会出现像孔乙己那样站着喝酒的人，更不用说赊账了。曲尺形的柜台，朴拙的陶制酒坛，马口铁制的窜筒，醇香的加饭酒，入味的茴香豆，这一个鲁迅笔下的孔乙己时代，至今令人回味。

绍兴，因为鲁迅，吸引了五湖四海的脚步来追寻他的目光——曾经在寂寞而寒冷的中国大地上闪烁着一线光明的希望的目光。

原载 2019 年 12 月 30 日《鄞州日报》

走马塘古村游

走马塘自北宋建村，先祖按照周易书上"天圆地方"之说，挖掘河流，建造村落，形成了今天东西长约 410 米、南北宽约 255 米的呈长方形的四周环河的村落格局。面积约 2 亩的荷花池是村中最大的一个水池，时值荷开季节，几朵芙蕖，开过尚盈盈。皓素的荷花开得早，洁白的花瓣虽谢落在绿萍中，却仍然美丽。粉色的菡萏，则高高地立于荷叶之上，红花绿叶衬托着荷花池两边青砖黛瓦、飞檐翘角的明清建筑，展现了千年古村的独特风韵。

池边上的一排建筑群，位于村中心，建于清中晚期。占地 3800 平方米的中新屋大院，是村内最大的毗连式大院落。院落规模大，住户多，是陈氏望族累世同堂，凝聚人气的地方。院内有大小天井五个，天井又称明堂，是人们生活起居的活动场所和共享空间。砖木结构的楼房，弧形、尖长的翼角高高翘起，体现了明清建筑的一大特色。

村中的一条河槽称蟹肚脐，蟹肚脐的弧形长埠头，长约 30 米，平整的长条石一级一级往水里延伸，以满足当年不同水位时的使用。对岸旁这株千年古树"重阳木",支撑的石柱与树干抱成一团,虽老态龙钟,主干开裂,树冠却郁郁葱葱,见证了千年古村走马塘的岁月。

一方水土养一方人。千余年来,陈氏一族以耕读起家,守诗书礼乐,重忠孝节义,培育了76名进士,达官显贵,代不乏人。他们以学立身,以廉为吏,以孝事亲,以忠事君,可谓人文蔚起,名震朝纲。据历史记载,走马塘始建于北宋端拱年间,当时姑苏长洲进士陈矜任明州知州,死后葬于茅山,其子为父守陵,带家眷定居于此,遂成走马塘人的祖先,至今已传38代。

走马塘村名的由来,相传是唐代两浙兵马钤辖张仁皓"骑从往来于此,故名之"。当然,村名的由来还有一个版本,说是这里的陈氏家族进士多,做官多,车马进出也多。为方便车马行驶,族人集资在河西岸修筑堤塘,故名"走马塘"。无论哪种说法都证明了这个村庄当年是何等荣耀,难怪后人称走马塘为"四明古郡、文献之邦,有江山之胜、水陆之饶"。

走马塘河又叫"先生塘",南宋嘉定年间陈氏第十代的陈垍在这里置庄种竹,人称"君子河"。我沿河往南走,过清代建筑泉公祠,左拐,又过新陈氏宗祠、宋代的擂鼓墙门、清代的长排屋民居,来到了老街。这条东西走向、长约百米的老街在清光绪年间形成集市,如今虽然店铺还在,但早已没有了当年商贸的旺盛与鼎沸的人声。老屋的石雕花窗古朴精致,也早被风雨剥落了朱颜,浸透着岁月的痕迹,只有老街两边挂起的一盏盏红灯笼,为老街留下些许回味的气息。老街的尽头有一方小塘,边上有一块清康熙年间立的公禁碑,碑文为"荡洗秽物,投掷废弃,堆积余岸，壅塞通沟"。走马塘原有大小池塘 70 多个，族人约法三章，禁止在水塘中洗污物、投废弃之物，禁止在水塘边堆积杂物。三百余年来，为确保水质纯洁发挥了重要的作用。村中还有后新屋、老祠堂等多处明清建筑，随处可见宣传墙上写着的陈氏家训："读书为重，次即农桑，取之有道，工贾何妨……"

兜兜转转，我又来到了荷花池，一阵微风，吹皱了荷池，荷叶和荷花轻轻地摇曳起来，但荷花依然亭亭玉立。荷花出淤泥而不染，历来被陈氏奉为族花，告诫后世做人当官都应清正廉洁，以求流芳百世。

我发现，这些檐牙高挑的古建筑和随处可见的祠堂影壁、古树池塘、科举榜单、石刻花窗，以及家谱画像等，每一处都有浓得化不开的历史文化积淀。走马塘，就像是一本厚重的书。

原载 2020 年 7 月 23 日《奉化日报》

去城杨慢慢变老

东钱湖镇城杨村将要打造成一个具有疗休养功能的旅游目的地，消息传来，令我想起这个青山绿水，环境优美，又有较多历史古迹的乡村来。

离东钱湖镇政府不到20公里，沿环湖南线，再至俞塘，便进入了位于东钱湖最南端的城杨村。四面环山，两条小溪穿村而过。

城杨原名陈家岙村，唐朝末年，乐安侯到这里选址建墓，并委派陈氏家族居住于此，为其守墓，因此，村庄便取名为陈家岙村。随着时间的流逝和人口的迁徙，陈家岙村的"外来户"越来越多，杨姓人口渐渐占了村总人口的一半以上。新中国成立后，这里便改名为城杨村。

有着千年历史的古村自然有着不少的古迹与传说：永安桥、白云寺、裴君庙、千年古银杏树、古道等。

永安桥位于城杨村与俞塘村之间，跨亭溪而建，是一座三孔水泥桥。桥身有数十米长。桥边有亭，亭中的石碑记载了当年造桥时捐款的情况。读碑文可知，当时建造此桥一共花费了4800银圆，共有五人出资，其中四人，即陈世昌、金廷荪、杜月笙、马祥生，共同出资 4600 银圆。这几个都是当年上海滩的大佬。他们为何会想到在这冷僻之地捐造一座桥，这里面的故事还有待考证。

"白云山上寺，冬日客来游。路绕悬岩曲，门遮古木稠。群峰环宝殿，神物护经楼。别有天开处，登临寄兴幽。"这是清代诗人忻鉴赞美白云寺的诗。我们随释本宏住持来到了住持室，他与我们聊起了白云寺的历史。经过了漫长的岁月，历史的变迁，这座白云深处的千年古寺显得古老而庄重。

沿小溪蜿蜒而上，我被一棵巨大的银杏树吸引。

这棵两三个人都环抱不过来的大银杏树矗立在村后坡地，高 30 多米，直径近 2 米，种于五代后梁年间，至今已有 1000 多年的历史，历来是城杨村村民冬遮风、夏纳凉的好去处。为更好地保护千年古树，供游人观赏，村里专门把银杏树旁边的几间民房拆除，为它开辟了绿地，建造了亭子，立起了石碑。这棵古树虽已逾千年，仍枝干挺拔，壮如华盖，庇护着这方水土。每年春天时郁郁葱葱，秋天时染黄了一片天空，成为城杨村醒目的标志。

城杨村亭溪岭的北面是东钱湖十景之一"百步耸翠"的百步尖。其东南面山势险峻，西北面则平坦缓和，是整个亭溪岭的制高点。亭溪岭旧时是横山码头通往宁波、奉化的交通要道。从大嵩出横溪，越韩岭涉东钱湖，都须经此岭，因此，它历来是兵家必争的要地。如今，在亭溪岭巅到百步尖之间，仍可看到当年修筑工事留存着的石筑碉堡。"竹韵松涛留客听，清风明月送人行。"亭溪岭古道是宁波十大文化旅游古道之一，每到秋冬季节，爬山休闲徒步健身的人不计其数，尤其是周末。走上畈坑岭古道则是满目青翠，小溪里流水潺潺，水波清幽，鱼翔浅底，竹林里鸟鸣声此起彼伏，悦耳动听，清风徐来，令人恍入世外桃源。

村里还有裴君庙、大会堂、吴徐古道、放龙坑等自然人文遗迹，可待慢慢涉足和解读。

这个四面环山，溪水常伴，环境幽静，远离城市喧嚣的小山村特别适合养老、养生。村里有好几家养老院。每到冬春季节有阳光的日子，老人们在院子里晒晒太阳，聊聊天，很是舒服惬意。

想起了一首歌，我想说，我能想到最浪漫的事，就是在这个青山绿水的村子里慢慢变老。

原载2020年8月14日《鄞州日报》

在指南村，万叶秋声里

用秋色斑斓来形容临安指南村的秋，是最恰当不过的。

一场秋叶的庆典将要开启，像是一场音乐会，最终的高潮总需要按部就班慢慢铺垫。从横渡村，经临川古道，进入指南村，这样的赏叶路线就是最好的铺垫。

车停妥，人进村。迎面就见一户坐落在低坡上的人家，石头屋基垒得高高的，土黄色的小屋与门前金黄色的古银杏浑然一体。散落的黄叶盖住石阶，移步，踩上去软绵绵的，仿佛能听到落叶轻吟。

走上临川古道要通过一座桥，桥下流淌着清澈的南苕溪水。过了桥，有一处小小的银杏树林，地上金黄一片。往上走，不时有银杏树高高矗立。往远处看，山中三三两两的黄叶一簇簇点缀其间。

一棵大银杏树和铺天盖地的黄叶突然出现在眼前，一把把小扇子似的叶片从树上飘落，围绕着大树填满整个山地，山地因此而变得光芒耀眼。而大部分黄叶依然停留在树上，枝条高高地伸向天空，在秋风的山林中吟唱。

指南村位于临安东天目山麓，太湖源头的南苕溪之滨，海拔近六百米，距杭州市区八十千米。我们刚到村口，满眼的金黄就密集地扑了过来。瞧这棵古银杏，站立在村口的坡地上，已有无数岁月，边上白色的小屋被它热情的黄罩得透不过气来，如同隐身一般，地上的落叶围绕着粗壮的枝干，像是铺了厚厚的一层地毯，刚踩上去，双脚立马陷入。抬头看，直径近十米的树冠上披满黄金甲，整个天空仿佛都被金黄的叶子承包，只吝啬地从叶子缝隙中施舍出一丝丝，万叶遮天，犹如在炫耀这通透的亮色。

走入村里，见一普通的农家小屋，倚靠一棵银杏，洋红的屋檐，连同角落里不起眼闲放着的木梯，被秋风捎来的金黄一打扮，居然组合成了一件唯美的艺术品，身价陡然高涨起来，成为文艺青年打卡之地，游人排队要与之合影，"咔嚓咔嚓"的快门声，此起彼伏，不绝于耳。我想幸好是数码时代，要在过去，不知要谋杀掉多少菲林。究竟是小屋成全了黄叶，还是黄叶成全了小屋，想来应是珠联璧合、相辅相成吧。

村里有低缓的山坡，残留着一些老房子，也有新修的徽派风格的建筑。整个村子沿山坡叠层而建，村子不大，却有近三百株树龄超二百年的古树，其中就有八株近千年的红枫和两株七百年的银杏。这些古树把整个村子包围在中间。当枫叶火一样的红，点缀在银杏的一片金黄中，成片银杏就将村庄染成烂漫的黄色，秋风吹过，黄叶纷纷洒洒，铺满了屋面、地面。

每年霜降一过，这里的银杏、枫香、乌桕便染上了浓厚的色彩，把秋天染得五彩斑斓，倒映在村中心的一个湖里，"天池"水面平静如镜，在蓝天白云的映衬下，形成一幅绝美的画面。

我们在村子里随意走走，吸入清新的空气，不时有鸟儿欢愉的叫声，不时有秋风带着"哗啦啦"飘落的黄叶来亲吻我的脸颊，在这里，我深深感受到秋的浓情厚谊。

被誉为"华东最美古村落"之一的指南村，它让无数热爱大自然的人接踵而来，在这幅诗意的画卷里，静享悠闲时光，与万叶共秋声。

原载 2020 年 11 月 26 日《奉化日报》

俞山古道行

春天,大自然翻开了崭新的一页,投身户外,爬山走古道是很适宜的运动。横溪镇的古道众多,前些天我随一个户外组织走了俞山古道。

俞山古道位于横溪镇梅岭山区,以俞山古村为中心,由岩山嵩古道、梅溪古道和捣臼湾古道这三段村际古道组成,形成从俞山古村出发再回到俞山古村的一条环线,全长约5公里。

天气很好,蓝天白云,置身于青山绿水的团友们做起了热身运动,放松一下全身肌肉,"呼——"深吸一口气,过了"梅源福地"牌楼,往里走,瓦片泥墙的老房子,镶嵌在绿油油的竹林中,周遭是那么静谧。一个被大山环绕的古老村庄出现在我们面前。

我们从俞山古村南口出发,一路沿古道,穿竹径,下岩山嵩,又过下潭孔,沿着梅溪支流经周郎岙至龙王堂。全长约2公里的岩山嵩古道整段路比较平缓,略有些上下坡,很适合作为运动的热身,且一路竹荫蔽日,溪流淙淙,满目青翠,自不用说。

俞山古村与很多古村一样,守护村子的都是老人。坐在门口的老妇在择菜，看着游客来来去去，用目光释放着她的关注；几个老伯抽着烟，交谈着，岁月教会了他们从容和淡定。许多老房子，早已无人入住，四周长满野草，然而这些老房子却给我独特的感觉，它们的存在就像一份纪念品，我想那些曾经的烟火里，一定藏着不可磨灭的历史印记。

　　有一扇窗户给了我很深刻的印象，没有玻璃，是用破旧的筛子和木头做的，有一种怀旧的味道。路边的野花，虽不如玫瑰娇艳，却有它们独特的小清新，我知道，它们从不怕风霜雨雪，一有春风吹拂和阳光雨露的浇灌，便各自绽放开来，不管有没有人欣赏。有人家处有惊喜，一只母鸡刚下了蛋，叫声洪亮，提醒主人，它要一份奖赏。小院子里吸收天然养分的绿色蔬菜，是村民的烟火日子。连绵到云里的竹海，几枝春笋早已按捺不住，破土而出，拱得地面如开裂状，隐约露出它的小尖尖，大部分笋尚且安身于竹鞭上，在泥土中静静孕育，等着陆续拱出地面，更待春雨浇灌，连夜乘势节节拔高。这里是竹的天下，空气中都是竹叶的清香。一条跟着主人上山砍竹子的狗狗，主人停下休息的片刻，它却闲不住乱跑，但是主人一准备起身，它便飞奔回主人身边。见到我们这些外来客，几声叫唤，宣示它在山林的主权，给周遭的宁静增添几分动感。

　　从龙王堂沿梅溪北上，至下山坑村，全长约1.5公里的梅溪古道，除了刚开始有部分为公路外，经过梅隐古桥后进入的古道，基本比较平缓。这一路，沿途有遐迩闻名的仙人井龙潭和造型独特的三角龙潭。特别是仙人井龙潭，一石成潭，上小下大，深不见底，潭水很是清澈、透亮。

休息片刻后，我们沿着捣臼湾古道行进，这段古道错综复杂，一不小心就会走岔。黄蟒冈边有一座藏在竹林中民国时期的仁寿塔，其方形外观、近乎平面的顶部结构，造型独特，体量较小，却取名为塔，这里面有怎样的故事？留给我们无穷的想象。

有600年历史的俞山古村全貌，此时展现在我们面前。青山宅外环，碧水门前流，颇似桃源仙境的景致，有诗《咏俞山古村》为证："远眺俞山山重重，近看村舍绿荫中。客来疑入桃花源，峰回路转水淙淙。"俞山古村的村民长期奋斗，培育了苍翠竹林，为后代留下美丽的青山绿水。

置身于秀美的大自然中，让心灵来一次荡涤，感悟人生的美好。行走俞山古道，正如古村牌楼上的一副对联，"绿水青山消倦怠，苍松翠柏守闲情"。

原载2021年4月17日《奉化日报》

樱桃树下

当今社会信息传播真快,一个微友去了趟余姚的悬岩村,九宫格美图朋友圈一发,该村樱花怒放的消息立马天下皆知。当然,这是好事。爱美之心人皆有之,何况春天,正是赏花的季节。

周末,我与朋友约好一起去悬岩村赏樱花。一些去过的好友陆续传来消息,说花大多落了,更何况周五雨水来袭,摧残了尚存花朵,不少户外团队已取消行程。但我还想去看看,在一场细雨中,与一群朋友一起出发。

汽车在蜿蜒山路上行进,不知转了多少个弯,当车窗两边陆陆续续有粉色扑进眼帘,一块上书"悬岩村"的巨石出现在路边,目的地到了。

悬岩村隶属余姚四明山镇,离镇十八公里,距绍兴市上虞区岭南乡却只有五公里。它背靠罗成山,村舍沿山而建,远远望去一层叠着一层,很是壮观。村里樱桃种植面积有三百亩,九千余棵樱桃树把村舍的空隙填得满满当当,每当樱桃树开花时,漫山遍野粉色的花朵把村庄染得如同少女般娇羞可爱。

天空飘着蒙蒙细雨，山里雾气弥漫，远处山峦像是蒙上了面纱。沿着登山步道往村里走，台阶两边伸出许多樱桃枝，地上早已铺满粉色花瓣，或星星点点，或层层叠叠。整个村庄就像一个超级大花园，每户人家只是花的点缀。我们在花丛中穿行，一个转弯，抬头，一户人家简朴的木门映入眼帘，门口有只卧倒的水缸，因为一树樱花点缀，变得艺术起来。虽说花瓣已大多落去，但留在树上的花梗，一簇一簇，呈放射状，它铁锈红的颜色，带着晶莹的露珠，竟有别样的美。

樱桃树下，总有拍不完的美景。按了无数次快门后，相册里已收获无数美图。时间充裕，我沿着公路，漫步于村中。在村头一户人家的樱桃树下，我停下了脚步，与王家大伯聊了起来。他告诉我，他家的经济收入主要来源于樱桃、板栗、花卉苗木和茶叶。他自豪地说，他们村的海拔，最适合种樱桃，是有花有果的那种。倘若海拔再高或再低，种的樱桃只会开花而无法结果。一棵二十年的樱桃树可产一百斤樱桃，种植十余年的樱桃树一棵可卖一千元，樱桃树下种着自家日常所需蔬菜，村口小店里可买鱼、肉。医疗保障方面，村里定期会从山下送来常用药物。交通方面，一天来回四明山镇的公交车有好几班次。我问他，一年家庭收入够用吗，他爽快地回答说，好的年份有十多万元，坏时也有四五万元，自己有农保，还有镇上工作的儿子孝敬……他气定神闲，语气中充满了对生活的满足感。

我到停车场附近的小店里坐坐，泡了一碗方便面，价格竟然与城里一样，热情的老板娘并不因地处山区而抬高吃食价格，她还拿出手机跟我分享前几天拍到漫山遍野樱花的视频。这次出行，虽然未能赶上樱花最美时刻，但从一个个村民脸上，我看到了他们对生活的满足和对未来的向往，荡漾开来的灿烂笑容，就如同美丽的樱花。

原载 2021 年 5 月 6 日《奉化日报》

枫泾古镇掠影

小桥、流水、人家……位于上海市西南角的枫泾古镇是典型的江南水乡。早在两千多年前，枫泾古镇就有百姓生活。中大街上的一条小河前，立着一块吴越界碑，因这条春秋时吴国和越国的分界河，枫泾古镇被誉为"吴越名镇"，成为中国历史文化名镇。

"三步两座桥，一望十条港。"枫泾镇上河道纵横，桥梁众多。从古镇南边的南大街入口，沿着河走，不到五十米就有一座古桥架在人家的屋边。河边不远处的丁聪美术馆，寥寥几笔，漫画家丁聪自画像占据了门口大大的一面墙，令人联想起丁聪笔下那些惟妙惟肖的人物讽刺漫画。建于元代的致和桥，是一座拱桥，它是枫泾现存最古老的桥梁，过去新婚夫妻为了白头到老，必到桥上叩拜，一步三拜，故每个台阶都比较宽，而且都是用两块石头拼起来的，取意"夫妻石"。桥下刻有双龙戏珠图案，桥端的送子观音栩栩如生，这些石雕生动地呈现了致和桥"庙连桥，桥连庙"的人文历史景观。

古镇有两条主要的街道，一条是分段起名叫南大街、中大街、北大街的街道，还有一条是和平街，两条街在枫泾三桥处交会，呈"丁"字形。枫泾三桥处是古镇中心，这里商铺众多，酒肆热闹，令人联想到当年商贾的繁忙。枫泾三桥是枫泾南北、东西市河交叉口的一个景观，它由北丰桥、竹行桥、清风桥三桥呈"品"字形相连，互为景观。这三桥的桥名是由著名国画大师程十发和著名书法家黄苗子题写的。竹行桥是一座平板桥，北丰桥和清风桥是拱桥，清风桥连接北大街和中大街，两边桥墩刻有对联"至南至北任凭过去，或远或近由此登高"。站在清风桥上看风景，竹行桥下有满载游客之船鱼贯而出，朝东欸乃而去，河对面生产街风雨长廊依店铺自中大街起至此顺河流拐弯，古色古香的长廊，晴天遮阳，雨天挡雨。在三桥处，只留窄窄的过道，其余都是消闲的餐位。一排小店铺卖的全是当地特产，枫泾烧卖、芡实糕等，据传用秘制方法烹制土猪而成的枫泾丁蹄，名望最大，因而生意最好，人手一份，临河座位更是一人一座难求。

古镇东边的泰平桥是一座高高的石拱桥，桥洞两边有"泰然连南接北有容乃大，平和送汐迎潮无欲则刚"的对联。过桥进入和平街。枫泾是金山农民画的发源地，金山农民画展示中心就在古戏台旁边。入内，有满满的乡土气息扑面而来。街上不远处，吕吉人画馆里正展示着陈逸飞同班同学吕吉人的画作，他的《水上有人家》《秋水图》《凤凰春早》《绿色的水乡》《宁静的村庄》《船儿轻轻划过静静的河》《夕阳乡梦》《枫泾致和古桥》等画作，每幅都是描绘古镇的景色，无一例外。家乡的小桥流水触发了画家的灵感，他在这些画中倾注了对家乡的无限热爱。和平街沿街走到底还可参观程十发祖居，里面有许多程老先生的中国水彩画。

  数十座古桥构成了枫泾古镇极具特色的风景线，若时间充裕，可以一座座桥梁细细观来，探秘其中故事。喜欢怀旧的，和平街的三百园（百篮馆、百灯馆、百行馆）、人民公社旧址、北大街始建于明代的施王庙、生产街的东区火政会等，都值得参观。最不能错过的，当属在和平街的临河酒肆茶楼里，挑个临窗座位坐下，或喝茶，或点份枫泾丁蹄外加田螺塞肉、吴越豆腐等小菜，悠闲地欣赏小桥流水的风景。那是多么惬意的时光！

原载 2021 年 7 月 6 日《鄞州日报》

秋至北溪村

"远上寒山石径斜，白云生处有人家。停车坐爱枫林晚，霜叶红于二月花。"深秋的枫林，霜染后枫叶那鲜艳的红色胜过二月春花，枫叶与春光争胜，令人赏心悦目。因此每年深秋我必到四明山赏枫，这一次我来到了北溪村。

北溪村因溪而得名，村内一溪从东到西向北而流，黄宗羲在《四明山志》中记载道："盖四明山之前山相隔一巨山，溪南绕而复北折。此溪即为北溪。"据可查历史记载：奉化州判卢谷良到北溪隐名埋姓，可耕易读，开创了北溪村历史，到明清时已形成如今格局。整个村落，一条弯月似的宽宽的溪流，贯穿全村，常年流淌，山水相映中，村落依溪就势，依山而建，错落有致，相得益彰。

此时节，马路一侧是铺天盖地的红枫如火，漫山遍野，层林尽染，像是一幅浓墨重彩的油画；另一侧，往山下的村中望去，有两棵巨大的古银杏高高伫立在路边，披着一身金黄，镶嵌进白墙黑瓦的村落，与细长的公路和弯弯的溪流组成另一幅画。进村，从高高的公路顺着台阶下行，村舍里有人家处就有红枫一二。我们下到溪边,见有一对老夫妻正站在溪中的蹬脚石上淘洗着金黄的银杏果,我知道,那是古银杏给予村民的馈赠。

溪流潺潺,养育着溪两边三百余户卢姓和两户外姓居民。枫叶红了一年又一年,始建于南宋初年的北溪村,人才辈出,有右丞相卢文懿、左丞相卢金瓯、大司马卢珂、大学士卢璡、忠烈王卢回、谏议大夫卢朝思、迪功郎卢尚通、州判卢谷良等一系列名人。

我们又从溪中踏汀走。身处四明山腹地,这个平日里无车马喧的静谧村庄,像陶渊明笔下的隐逸之地,只有在秋天枫叶红了的时候,美得再也不能够低调了,用现在网络流行的话来说是"想不出圈也难"。游人纷至沓来,徜徉在各色枫叶铺就的天堂里,享受着秋天的美好;抑或流连在古银杏树下,听这对高龄夫妻树在秋风中洋洋洒洒而下的金黄叶片,带来轻轻的时光絮语。

这两株"镇村神树"古银杏,属北溪村村树,矗立于村委会旁,枝叶扶疏,直耸云霄,现已有六百年历史,生命力极强。村民称之"夫妻树",此树一雌一雄,姿态挺拔,高约25米,雄树围粗4.8米,雌树围粗3.5米,须三人合力,方能环抱。时值秋日,枝头白果累累,金叶飞舞,一派"满城尽带黄金甲"的繁盛景象,引得无数游客赏景、拍照、写生。正如李清照所言:"风韵雍容未甚都,尊前甘橘可为奴。"

北溪还是古代唐诗之路的重要驿站。丹枫古道上,唐代诗人刘长卿、皮日休、陆龟蒙等都曾先后在这里寻觅风景、吟诗作赋。我流连其中,遥想当年李白在此游憩,对着山色美景纵情吟唱,那些慕四明钟秀之名而来的名士为北溪留下了另一道值得回味的风景。

　　北溪的深秋是画，也是诗。我喜欢行走在这样的山村，喜欢它的秀丽、自然。

原载 2022 年 10 月 20 日《鄞州日报》

味道

第三辑

那味酱香

沿东钱湖分布着殷湾村、前堰头村、建设村等十八个村庄。

每年冬至后,趁着北风起、阳光照,这些村里的村民们就忙活开了,晒鱼干、鱼鲞成了东钱湖边的一道风景。在天气晴好的时候,随意走进湖边哪个村,都会闻到北风吹来的鱼干鱼鲞的酱香鲜味,钱湖人家的年味就在这晾晒中。

东钱湖里有四十多种鱼类,最多的是鲢鱼、青鱼、鲫鱼,每年一到冬季开捕时,十多公斤重的鱼比比皆是。村民们买了鱼,就在湖边埠头杀好清洁干净,拿回家里或盐渍或酱渍,一时间忙得不可开交,就等着北风来,阳光到,家家户户拿出晾晒工具,庭前屋后,湖边埠头,凡是能被北风吹到的、被太阳晒到的地方,都被用来晾晒。

晾晒最多的是鱼鲞和酱鱼干。晴朗的大风天里,晒鲞的人家将新鲜海鳗从背脊剖开挖去内脏,用干净湿毛巾将鳗擦干净,将盐均匀地敷在鱼身上,再以细细的竹条将鳗撑开挂在通风阴凉处。晒好后,家里必然是要赶紧吃一顿的。民间有"新风鳗鲞味胜鸡"的说法,无论是大排档还是高档宴席,无论是日常饭菜还是年夜饭，这一道菜都是合理的存在。除了鳗鲞，还有晒黄鱼鲞、带鱼鲞甚至是乌狼鲞。这些鲞，蒸煮后吃起来味道接近鱼自身的鲜味。东钱湖边的渔民更喜欢用湖里的淡水鱼晒鱼干。他们用整条的鱼，或者把鲜鱼切成鱼片，用酱油、糖、味精、黄酒、生姜、桂皮等调料浸透，有时会浸一个晚上，再晒干，俗称"酱鱼干"。至于种类，以青鱼最为常见，除了青鱼外，鲤鱼、"钱湖四宝"之一的朋鱼也很常见。酱鱼干蒸熟后风味独特，令人垂涎欲滴。

晾晒的工具也是五花八门，最常用的有用竹和塑料网绳制成的方匾、圆匾，有用整扇纱窗充当晒架的，也有用一根根竹竿悬挂的，晒架和晒物密密麻麻，铺摊开来，悬挂起来，一时间场面非常壮观，是临近年关目之所及的兴旺景象，给人富足与安心之感。

晒鱼干，殷湾村在这些湖边村中最负盛名。不但规模大，鱼类的品种也多。晒品已从鱼类扩展到肉类，晒料也从过去的自给自足发展到现在的基本依靠外购。今年刚好步入本命年的郑老伯，在东钱湖上捕鱼已有六十多年，他家的后门泊着自家的四条捕鱼小船，想捕鱼的时候上船就可以撒网了。东钱湖美味的青鱼干早已名声在外，他每年都会准备些鱼干送给亲朋好友。自然，他捕的这些鱼是远远不够送的，他还到市场买来青鱼、鲢鱼等湖鲜，以及马面鱼、带鱼等海鲜，附带买一些猪肉，腌制好就等太阳出来挂到屋外。今天日出时分，我们到了村里，看到郑老伯已经早早地把一应晒品晾晒在湖边晒架上、小船上。太阳穿过鱼干间的缝隙照过来，酱鱼干透着红红的光泽，黑瓦白墙上映照着一排排鱼干的影子，屋边停泊着的小船和小船上摆满的晒鱼圆匾，构成了一幅渔乡岁月静好图。

殷湾村位于东钱湖西北岸平满山脚下，是一个具有悠久历史的古村落。古老的民居依山傍水，许多村民就住在临湖的狭长形地带，推开门窗，扑面而来的就是那清波荡漾的东钱湖水。"殷湾渔火"是东钱湖旧景之一，有诗为证："水阔烟深望渺然，霎时渔火满前川。客舟过处添愁思，疑是寒山寺外眠。"旧时依水而居的殷湾百姓，不少人世代以打鱼为生，有的出海作业，有的在湖内捕捞。每年中秋时节，祭神鸣炮，浩荡出海，次年三月回来。回湖后，大对船停靠在家门口，夜间在船头高挂桅灯一盏。此时，灯火星星点点连成一片，景色十分迷人。在天气晴好的晚上，在湖上捕鱼的船只分散在湖面上，渔民们在船头点上叫"围灯"的防风灯，用来照明和诱鱼。数以百计的小船在墨绿色的湖面上滑动，一亮一暗的橘黄色灯火在粼粼波光里跳动、闪烁。渔舟动处，倒映着灯光的涟漪在水里颤动，其景让人迷恋。如今，如此壮观的渔火场景已经难寻，变成了大家口耳相传的绝美想象。但平日里，不管是烟雨天或晴天，总能看到湖中有劳作的渔船，延续着打鱼的传统。

冬日里随便在村中走走，如果遇上炊烟升起，家家户户餐桌上飘出来的酱香味道充满了整个村庄，那是多么诱人的味道啊！

原载 2019 年 2 月 12 日《宁波晚报》

那一口软糯

那一日在田畴里赏油菜花,在狭窄的田埂上走着走着自觉停下了脚步,这里的一地青留住了人,弯腰挑青成为当下比较重要的事。

青,是宁波人对一种植物的称谓。它是菊科蒿属多年生草本植物艾草在春季荣发的嫩茎叶,田间地头、山坡杂地和溪边渠旁随处可见。每当春雨一润,田野里便缀满星星点点的艾芽,菊花似的嫩叶一层一层冒出来,一圈一圈紧紧密密地绕在根的周围,十分繁盛,极富生机。其颜色青绿,叶面有细白的绒毛,闻之清香中带有泥土的清润和艾的青涩,在清明前后为最盛。人们挖来青,煮熟捣碎后调和成汁,制成碧绿的青团,清香四溢的青团是清明祭祀上供的传统食品。

我喜欢青这个名字,多么简单、朴素,令人想到美好和念想,春天要出游踏青,要让心灵到山野里放飞。

春天的乡村自然是最美不过的,闲时我就喜欢去村里转转。东钱湖的"十里四香"很吸引人,一到春天,每个村庄的每一个角落都飘起青的味道,它散发的清香魅力特别让人向往。

我寻着青的味道，任意走进一户农家，都能看到麻糍的制作过程。青麻糍，是用糯米粉和嫩青的叶子制成的。妇人们早早地就到田野里去"挖青"，择取青的嫩茎叶，洗净后入沸水里氽一下，捞出沥干水分后再在清水中漂洗。然后再将青剁细碎，放置一边。把蒸熟的糯米粉、青和少量的清水和在一起，趁热放到石捣臼里碾揉。这是一个体力活，农户说每团约十公斤的糯米粉和两公斤的青，混合在一起，需要大概一百下的揉打，粉团才能有黏性。待碾揉完毕，把糯米团放在铺满松花粉的面床上擀开，再在上面撒上一层松花粉。内青外黄的青麻糍就制成了。切成小块，放进口中，那一口软糯和清香，定是早就惦念的乡野的味道。

相传吃了青麻糍后，田里的稻苗就会碧绿青翠，迎来丰收年，又因麻糍的表面抹过松花变成黄色，寓意田里收上来的稻谷粒粒绽、颗颗黄。下水村的青麻糍名气最大。一到节假日，尤其是春天，游人们来"十里四香"景区游玩，总忘不了要带些青麻糍回去，送给亲朋好友。为了满足更多人的口味，聪明的下水人还开发了新产品，像南瓜麻糍、紫薯麻糍等。不论是哪一种麻糍，新鲜时都可即食。另外，或是蒸，或是煎，或是用火缸煨之，则别有一股乡村风味。

下水村沿马路两边开着的农家乐有好几十家之多，都是当地人开的，他们都有自产自销的麻糍，并形成了一定规模，成了乡村的一道特殊的风景线。

春光关不住，陌上已青青，在欣赏乡村美景的同时，品尝一下当地的特色美食，不失为人生的一大乐趣。大自然总会在每一个季节展现出它的美丽，让我们一起去拥抱春天，拥抱美丽。

原载 2016 年 3 月 30 日《乡下头》

来一碗酸爽

前些天，有远方亲戚来甬做客，为尽地主之谊，自然在饮食上多安排地方特色。宁波人向来喜爱吃东海里的海鲜，各种蟹虾、螺壳，用各种方法烹煮，其中少不了上一碗咸齑大汤黄鱼。

咸齑大汤黄鱼是用雪里蕻原料腌制的咸菜和新鲜的大黄鱼一起烹烧的。大黄鱼肉嫩味鲜少骨，自古有"琐碎金鳞软玉膏"之誉。雪里蕻咸菜，色黄味酸，质地脆嫩，鲜美可口，有一种特殊的鲜香味。以这两种为主料烧制的咸齑大汤黄鱼，具有鱼肉嫩、菜香浓、清口鲜洁、营养丰富的特点，备受宁波人青睐，是传统的宁波名菜。

宁波老话说"三日不吃咸齑汤，脚骨有眼酸汪汪"，可见咸齑之于宁波人是多么深入人心。宁波人喜欢吃咸齑是有些年头的，据记载，咸齑的历史最早可追溯到明末诗人屠本畯所著的《野菜笺》，书中曰："四明有菜名雪里壅（蕻）……诸菜冻欲死，此菜青青蕻尤美。"清光绪《鄞县志》中李邺嗣的《鄮东竹枝词》中也记载："翠绿新薤滴醋红，嗅来香气嚼来松。纵然金菜琅蔬好，不及吾乡雪里蕻。"

咸齑是用新鲜的雪里蕻菜腌制的。雪里蕻分春菜和冬菜两种。春菜，冬季播种，次年春季收割，清明前后腌制；冬菜，秋天播种，当年冬季收割，霜降前后腌制。过去很多人家都腌咸齑，记得小时候，等农家收割了冬菜，奶奶就会买来新鲜的雪里蕻，在阴凉处晾几个时辰，让它微黄（这样做雪菜才能鲜中带酸），"七石缸"底先撒一层盐，再将雪里蕻从四周往中间分批放，上面再撒一层盐，这样一层雪里蕻一层盐，铺了几层后，父亲用脚踩踏雪菜，从四周到中央，直到出卤。等到雪菜放满大半个缸，踩踏出来的卤水没过雪菜后，再用石头压住，以防止雪菜浮起变质。

雪里蕻腌好后，要过一个半月的时间才能吃。有一次嘴馋熬不住，偷偷去折出一段菜梗来，刚放进口中，一股咸涩味直抵喉咙，慌乱中急忙吐掉，漱口再三，但这种糗事与人讲不得，只能闷在肚里"做小货"（隐瞒实情）。要想早点吃到咸齑，那就"倒笃"腌制。为图方便，有次拿啤酒瓶做试验，往瓶里塞上几根雪里蕻，用筷子戳结实，等到出卤水，用盐封了口，腌了有一个星期多，以为雪菜已变成咸齑，取出来一看，菜梗仍是碧绿的，味道又辣又涩，终于明白，吃咸齑还得依靠"七石缸"。

咸齑腌熟了，能做的菜就有很多。咸齑，咸中带鲜，鲜而不腻，清洁爽口。因此不管与海鲜河鲜、肉禽蛋类配合烹调，永远能显示出它独特的味道。"带卤雪汁透骨鲜，荤烤素炖皆合群"，咸齑可与多种食材搭配烹制，有传统的宁波十大名菜之一——咸齑黄鱼，还有咸齑炒肉丝、咸齑炒乌贼、咸齑炒豆瓣、咸齑肉丝汤、咸齑洋芋艿汤、咸齑年糕汤等众多菜肴。

现在生活水平提高了，再普通的家庭也不会拿咸齑当"长下饭"。但在宁波，咸齑几乎是每家常备之菜，每次出门旅游去，包里也一定会带上雪菜笋丝等小包装咸齑食品。宁波咸齑以樟村贝母地菜和邱隘咸菜为佳。"贝母地菜雪里蕻，邱隘咸齑名气隆"，宁波老话说"东乡一株菜，西乡一根草"，这株"菜"说的就是鄞东的雪菜，学名叫雪里蕻。鄞州东乡的土质和气候条件非常适合雪菜的栽培，新鲜的雪里蕻味稍带辛辣，需经过腌食味才绝佳。邱隘所出产的咸齑色泽金黄，风味独特，有三个特点：一是菜梗多菜叶少，吃起来更有味道；二是嚼不出渣，很嫩；三是鲜中带酸，爽口。

想想有几天没吃咸齑汤了，我得去取一包咸齑，来一碗酸爽。

原载2019年11月15日《鄞州日报》

长街买蛏记

春日里，宁波人很有口福，不仅有各种新鲜的蔬菜，还有各类鲜美的小海鲜，蛏子就是其中之一。

美食家汪曾祺先生说到做菜，必须自己去买菜。平日里我是去菜市场买菜的，那一日，我突发奇想，要去宁海长街买蛏子。宁海长街一带，濒临三门湾，气候温润，海水咸淡适宜，泥质滩涂松软肥沃，饵料丰富，是贝类生长的天堂，所产的蛏子个大、肉嫩而肥、色白味鲜，是著名的蛏子之乡，长街蛏子名闻遐迩。位于长街镇港中村的下洋涂更因为水质适宜，有着悠久的养蛏历史，每年二三月份的蛏子最为肥美。我沿着堤坝边的机耕路到了下洋涂，一望无际的海塘被田埂隔成一个个巨大的方块，这些方块里有的海水浸满了大半个塘，有的海水已是浅浅的，塘的四周露出了厚厚的塘泥。在村民的指引下，我来到正在挖蛏的海塘。其时，早有来自温州的运输车在塘边等候。

挖蛏前海塘先要放掉海水，露出养蛏的塘泥才能操作。这块海塘里早有挖蛏工在四散劳作，他们每人旁边放一个脸盆，两人一边、四人一组，围着塘泥相对而挖，一把蛏刀直插而下，双手沿着刀缝掰下一大块泥,从泥的小气孔凭经验可以判断出里面有没有蛏子,有多少蛏子,他们手指灵活地在塘泥中摸索,一个个和塘泥一样颜色的蛏子被丢进脸盆里。

我关注着其中一人,十几分钟时间,挖出的蛏子就装满了一脸盆。交谈中得知,他们每天早上八点不到开始工作到下午两点,一个手速够快的工人,每小时能挖十五公斤蛏子,一天下来能挖一百公斤蛏子。脸盆装满后倒入周转用的大塑料筐,有负责运输的工人在齐膝深的海水里撑着门板样的简易船来各组收货,一船满载蛏子的塑料筐在一根毛竹上由工人们接力完成从海塘到田埂的任务,换筐倒入运输车主带来的塑料筐里,过秤,装车,明天一早这些蛏子将进入温州市民的菜篮子里。

长街蛏子,体大壳薄、肉质肥美、色白味鲜、脆嫩清甜。蛏子外壳是淡黄夹杂黑白灰色,里面肉质白嫩柔软,所以许多文人骚客把蛏子雅称为"西施舌"。蛏肉含有丰富的蛋白质和维生素,是我们春日里餐桌上一道特殊的美味。这家蛏塘挖出的蛏子首先要满足温州客户的货源,我在等待的过程中构思着将要烧煮的佳肴。把洗净的蛏子割断背部筋,撒上盐,倒上料酒、葱、姜、蒜腌制片刻。然后把蛏子码在铁板上,倒入腌制过的原汁,放置在火上烤,先是中火,再小火,中途翻面,直至烤到外面发黄、水分全干,关火,撒上葱花,这一份"铁板蛏子"深得我家喜爱。而今日新鲜的长街蛏子断断舍不得再用这种方法烧煮了。宁波人吃海鲜遵循一种规律:愈是质地鲜嫩的海味吃法愈简单,不是水焯、清蒸、白煮,就是直接生吃。蛏也一样:水开了,放点盐、黄酒,加入葱姜,然后推入蛏子,水复开即可盛盘上桌了。这时候的蛏子水嫩清甜，口感最佳；火候稍过就老了，肉质收缩，味道明显不一样。至于其他吃法，"盐烤蛏子""翡翠蛏子羹"等，也很受家人喜爱。

分享环节是必须要有的，我得把这难得的挖蛏过程告知朋友圈。拍照，选图，定位"下洋涂"，介绍时还不忘写上"正宗长街蛏子"。不一会儿，朋友们点赞的、留言的、要我代为购买的信息都来了。我买好蛏子，返回宁波，分送到各户亲朋手中。回到家，挑选出一小部分蛏子洗去泥巴弄干净，在淡盐水中泡好。不久，友人传来了信息："鲜！鲜得很！不愧是正宗长街蛏。"心急的友人先尝了鲜，我已等不及，马上把蛏子开背，锅里烧开了水，不加任何调料，倒入蛏子，待熟捞起，又蘸着酱油，趁热吃起来。蛏子又肥又嫩，一口咬下去，肉质柔韧，略带弹性，且口感甘甜，这满口原汁原味的鲜啊，真是美妙得无法言说。

长街买回来的带泥蛏子，放在透风的塑料筐里，不用洗能放好几天，每天洒些水即可。当天要吃的蛏子，提前三四小时洗干净，在淡盐水中浸泡，它柔软的小舌头和两根水管能伸出老长，自动把肚里的泥沙吐净。如果浸泡时间过长，蛏子看上去白得水嫩，卖相是好看了，其实生命已差不多到尽头，同时鲜味也随之下降。总之，尝鲜要及时。

原载 2020 年 4 月 14 日《鄞州日报》

夏至杨梅

二姐打来电话，问我在不在家。她要来送杨梅。

每年一到夏至时节，老家在余姚三七市的二姐夫家亲戚总会送来一些自家种的杨梅。他家屋后坡地种有好些杨梅树，都是低矮的老树，品种是荸荠种杨梅。每到成熟的时候，这些杨梅的个头就快要赶上乒乓球大小了，颜色已由初时的淡红色转变成紫红色直至黑红色。梅天季节雨水多，晶莹的水珠半留在杨梅上面，亮晶晶的，娇嫩的模样更是令人垂涎欲滴。人若立于树下，只需轻轻碰触杨梅树，那些特别成熟的杨梅，不用采摘就会与雨珠一起下一场"杨梅雨"。有一年雨后，我们一起去摘杨梅，一人用撑开的雨伞兜着，一人轻轻摇动树枝，好些个从天而降的果实，贡献给了不劳而获的我们。

杨梅季节一到，我便开始享受这场舌尖上的美味。亲戚在杨梅树上"攀高走低"的辛苦劳作，成就了一筐筐亲情。我拨开盖在杨梅上的绿色的蕨草，等不及清洗，随手一个丢进口中，轻轻一咬，果肉立时化为一股甜津喷溅开来，充盈了整个喉咙，舌尖快速跟进，获取剩余残留，等到光滑的小粒杨梅核出现，才意识到还有些许酸味。"筠笼带雨摘初残,粟粟生寒鹤顶殷。众口但便甜似蜜,宁知奇处是微酸。"南宋方岳的《次韵杨梅》是为写照。

杨梅又名龙睛、朱红,因其形似水杨子、味道似梅子,因而取名杨梅。明诗人徐阶咏杨梅:"折来鹤顶红犹湿,剁破龙睛血未干。若使太真知此味,荔枝焉得到长安?"试想,如果杨贵妃知杨梅此味,荔枝可是要失宠了。杨梅自古就被认为是果中珍品,营养丰富,其果中的纤维素可以促进肠胃蠕动,有助于身体排毒,不但生津止渴,还能消暑止泻。

家里的另外二位吃得少,这些荸荠杨梅多数由我大包大揽了。荸荠杨梅,肉质细软、味甜微酸、果核小,是杨梅中的优良品种。不过,杨梅吃多了会上火,另外对牙齿也不好。我把杨梅用清水洗干净,放在水果盆里,另外往小盏上放一些,规定自己一次吃的量。每每舌尖触及柔软绵密的杨梅刺,轻轻咬破,汁水便迫不及待地从果肉中迸出来,酸酸甜甜,叫人欲罢不能,所以总是食言,吃完了小盏里的又到大盆里去拿,一而再,再而三,直到胀饱的肚子或是起酸的牙齿提醒才作罢。

"夏至杨梅满山红,小暑杨梅要出虫。"杨梅季节短,算上外地杨梅的提前进入,吃新鲜杨梅最多也只有一个月的时间。记得20世纪80年代,小妹到北京读大学,那时候物流还不发达,她暑假回来到家要七月中旬,吃不到新鲜的本地杨梅,母亲就会赶在杨梅落市前多买些回来,把杨梅放进一个个铝饭盒,在冰箱里冷冻起来,等到小妹回甬,我们姐妹几个一起品尝这些美味的酸酸爽爽的冰镇杨梅,延长了我们姐妹的口福时间,那是一段不会忘怀的美好时光。

杨梅用白酒浸泡，还能制作成杨梅烧酒。天热家中若有个中暑或拉肚子的，吃几粒杨梅，就能神清气爽。还有白糖杨梅、杨梅汁等更多的美味吃法。

有了杨梅，才有这美好时光里独领风骚的味道。

原载 2020 年 6 月 26 日《鄞州日报》

莼湖的牡蛎

每年冬天,我总要到莼湖走一趟,不为别的,就为象山港的海鲜。

初冬时节是牡蛎上餐桌的时候。我来到费家的飞跃塘。极目望去,大批滩涂正值退潮后的低潮位时间,一群群鸭子游弋在浅水和茅草中,许多简易渔船(叫"渔排"似乎更合适)搁浅在滩涂中,渔排上或是码着一捆捆的橡胶条间杂泡沫条,或是堆着高高的牡蛎山,亦有渔民正在挖牡蛎肉,渔排周边的滩涂里则满是一圈圈的橡胶车胎,岸边牡蛎壳已经堆成了一座座白花花的小山。

费家沿岸有好几家养殖户的简易工作大棚,我随意走进一家。刚巧,这家男主人挑着一担橡胶车胎回来。经从车胎或海面上弄下的带壳牡蛎,需要撬开壳,挖出里面的肉。另一家养殖户王家姐妹则分工明确,因这段时间牡蛎最肥又最鲜,销路很好,王家阿姐与一工人负责撬挖,王家妹妹则在姜山菜场的摊位负责销售。她们撬牡蛎已有几十年,每天从早到晚挖十多个小时,一天下来能挖近三十公斤牡蛎肉。她家捕捞上来的牡蛎非常新鲜,王家阿姐从牡蛎堆里挑了一个，熟练地用蛎刀将壳撬开，割断牡蛎筋，挑起蛎壳连水带肉往装水的盆子里倾倒。挖出的牡蛎，肉身呈浅绿色，肉质饱满有光泽，镶着淡褐色的裙边，凑近一闻，有一股特有的鲜味，光看外形就知道牡蛎肉质水嫩，味道定是鲜美。

逢年过节，宁波人的饭桌上少不了几道海鲜，其中必有一道牡蛎。牡蛎属贝壳动物，形如淡菜。北方称为海蛎子，南方叫蚝。蛎肉鲜美，营养丰富。

宁波人称呼牡蛎为"蛎黄"，最常见的吃法是将蛎黄用漏网清水洗净，直接蘸酱油或者蟹酱食用，吃法简单，其味却鲜美无比，牙口再不济也无须担心，轻轻夹起一筷，在酱油中蘸一蘸，送进口中，无须与牙齿过多厮磨，蛎黄早已滑入，只留一份原汁原味的鲜与人缠绵。对于这样的吃法，宁波人早已习惯，若借外地人十个胆未必敢下筷——生的，万一吃坏肚子可咋办？要吃熟的蛎黄，也可以，做成蛎黄笋丝咸菜汤，由于加入牡蛎，还有咸齑的酸爽，这道菜鲜味十足。

先前我搞不清牡蛎与生蚝的区别。其实，生蚝是牡蛎中个头相对较大的一个品种，有些生蚝重量可以达一斤以上，其生长环境相对特殊，主要生长在一些江河和大海交汇、咸淡水相结合的地方。因此，在莼湖费家养殖户收上来的牡蛎中，个头大的没几个。

我沿着村中道路往东走，到了红胜塘的西部塘头村。塘头村是一个牡蛎养殖特色村，有一片巨大的海产养殖场，养殖牡蛎远近闻名。村子规模不大，百姓多数从事海鲜养殖的工作。海产养殖场里的几十间蓝色小屋分两边一字排开，整齐划一，这些蓝色小屋是牡蛎工作房，十几平方米一间，每间两三人，一把椅子，一张平板桌，对牡蛎撬肉加工。相对费家，这里的牡蛎个头整体看上去似乎大了些。

搁浅在滩涂上长方形的，似船非船的运输工具——渔排，小风浪时短途载人载货航行，滩涂上平稳停泊，油机动力，操舵方便，自重较轻，是滩涂养殖的最佳运输工具。从渔排上卸下来的车胎，挖下附着在上面的牡蛎，堆在码头上，供蓝色小屋里加工生产，几条渔排上的渔民正在归置车胎，待晚上涨潮时再扔向大海孕育新生牡蛎。晚霞映照着渔排、渔民，逆着光，剪成影，是一幅动人无比的渔村风景。

近些年，牡蛎的烹制手法时有翻新，把带壳的牡蛎撬开，在蛎肉上加入粉丝、蛋清、黄酒、蒜蓉等配料，放炉上稍稍烤煮，即刻成为一道风味铁板生蚝。当然，奉化最有名的就是独有的莼湖牡蛎米豆腐汤，还被评为"奉化十碗"之一。可惜，这次我未能吃上。冬季还长，牡蛎还在生长，下次去莼湖一定要吃上一碗牡蛎米豆腐汤，这个愿望要实现不难。

原载 2021 年 1 月 21 日《奉化日报》

青鱼划水

闲时喜欢去东钱湖边走走。

关于东钱湖，有一个话题离不开——湖鲜。东钱湖里有四十多种鱼类以及蚌、螺蛳等壳类，鱼类中最多的是鲢鱼、青鱼、鲫鱼，要论名望，数青鱼最为出众。

青鱼是一种颜色青的鱼，亦称螺蛳青。其体圆筒形，腹部平圆，尾部稍侧扁，体长可达一米余，因其个大肉厚，多脂味美，刺大而少，是淡水鱼中的上品。东钱湖里丰富的螺蛳、蚌、虾和水生昆虫，为青鱼提供了源源不断的优质食物，其一年四季均产，尤以秋冬品质为最好，古时王昌龄在五溪就留下了"青鱼雪落鲙橙齑"之诗句。

东钱湖的青鱼干久负盛名。我到殷湾村时，郑老伯早在前一天便到市场买来了好多条大青鱼，在自家门口的埠头杀好弄净，做了酱鱼干，晾晒在湖边上。他把整条鱼用酱油、糖、味精、黄酒、生姜、桂皮等调料浸透，浸了一个晚上，到第二天才挂出来，先让北风吹几天，太阳晒几天，直到鱼干透才收起来。酱鱼干吃时拿出来，蒸熟或煎烤，风味独特，令人垂涎欲滴。青鱼还可以做熏鱼吃，把鱼切成鱼块，酱渍半小时，捞出放竹匾上沥一会儿，放油锅里煎炸，一盆金黄脆酥的熏鱼蘸米醋，是宁波人餐桌上的传统吃法，尤其在春节是必备之热菜。

"青鱼划水"与"钱湖之吻"（螺蛳）、"浪里白条"（䲟鱼）、钱湖河虾是舌尖上的东钱湖最为著名的"钱湖四宝"。俗话说"鲢鱼头，青鱼尾"，青鱼的尾巴，是青鱼肉质最鲜嫩的部位，用来做"青鱼划水"最是美味。姜切成丝，放入盆中，加入八角、食用盐、料酒渍半小时，锅中油温六成热时加蒜、姜丝、八角翻炒，至香味出，放入青鱼尾，两面煎至金黄。再注入适量的生抽或老抽，翻炒，待鱼块变色，加热水没过鱼身，添少许白砂糖，大火烧开后转小火慢炖。起锅前撒葱花若干，再用大火追一下。这样，一份美味的"青鱼划水"就大功告成了。

湖上往来人，但爱青鱼美。还看一叶舟，出没潮水里。想要在东钱湖吃得有情趣，莫过于听着款款作响的橹声，临湖品湖鲜，或荡舟品船菜，抑或就着酱香味听听远古飘来的渔歌往事。

原载 2021 年 2 月 23 日《鄞州日报》

闲话宁波人米食

民以食为天。宁波人冬天最喜好的就是这口米食。

1973年在河姆渡遗址发现大量水稻,经过鉴定是亚洲栽培水稻,证明了我国是世界上水稻栽培历史最悠久的国家。

我国南方称谷粒为稻谷或谷子,又称水稻。水稻一年种植两次,早稻春季播种,民间有"三月种田下秧子"之说,盛夏季收割并种植晚稻,过去用"双抢"来形容抢收抢种。晚稻在每年秋季成熟后收割,经过打稻机脱粒,把稻子分离成稻谷和稻草。稻谷再经碾米机器分离出砻糠和白米。

稻谷有籼稻、粳稻和糯稻之分,米就有了籼米、粳米和糯米。粳稻去壳成为粳米后,外观圆短、透明。煮食特性介于糯米与籼米之间。糯米又分粳糯、籼糯,粳糯外观圆短,籼糯外观细长,颜色均为白色不透明。糯米煮熟后米饭较软、黏。江南一带,通常把籼米、粳米当主食,尤其是粳米作为主要食用米,糯米则用于酿酒、制作金团、粽子等副食品。

来说说年糕。粳米除烧饭煮粥做主食外,用其制作的年糕可算是宁波人最主要的副食品之一。过去是手工制作年糕的。优质晚粳米洗净后，用水浸泡三四天，掺水磨成浆，榨去水分至不干不湿的粉状，然后上锅蒸；蒸熟后倒入捣臼内，一个人用捣子头舂，一个人翻动粉团，让粉团能舂得均匀；直至将粉状舂成大团，从臼中取出，将大团分成小团，再搓成长约二十厘米的圆条状，放到年糕印版上压扁成型。印版上有不同的花纹雕刻，如梅、兰、竹、菊或天官赐福等吉祥图案，有的则做成"玉兔""白鹅"等小动物，花样繁多。

现在我们吃到的大多是机器制作的年糕。每年12月，年糕厂就忙碌起来。蒸熟的米粉倒进年糕机后，白嫩软糯的年糕就成型了。过凉水后，再将年糕层层叠起，最后放在竹排上晒凉。等到年糕充分凉透，再一根根浸在水里，煮前捞起切片。现在真空包装年糕条就省却了浸水环节，新品种火锅年糕和切片年糕还要省事，可以直接用来烹调。

宁波人向来喜欢吃年糕，煮、炒、炸、片炒、汤煮等，且咸甜皆宜。如传统白菜炒年糕、荠菜炒年糕、咸齑年糕汤、青菜肉丝年糕汤等，还有番薯煮年糕、白糖搵年糕等甜点，偶尔去乡村吃煨年糕也是风味独特，近些年还流行起白蟹炒年糕、茄子年糕煲等创新菜。

冬令时节，最受宁波人欢迎的是大头菜烤年糕，老底子冬至前夜每户人家都是要烧一锅的。准备好大头菜，两棵菜能煮满满一锅，捞出浸在小水缸里的新米年糕若干条，每条对切成两段。傍晚灶头烧起来，铁锅里放入切成块状的大头菜，加水烧至约五分熟，依次加菜油、酱油、年糕，焖烤至烂熟，烤好的大头菜软软甜甜，不用加糖出锅即可食用。一时间灶房内红红火火又香气扑鼻，令人垂涎欲滴。

到了新年，也要吃年糕。年糕与"年年高"谐音，寓意着人们的工作和生活质量一年年提高。所以前人有诗云："年糕寓意稍云深，白色如银黄色金。年岁盼高时时利，虔诚默祝望财临。"宁波民间也有"年糕年糕年年高，今年更比去年好"的谚语。

宁波最具名气的糯米食品当属猪油汤团。猪油汤团是用糯米粉和猪油馅一起裹成的。我清晰地记得小时候裹汤团的场景。先是要准备食材，当年收割的新糯米，自然是最好的，不但口感好，色泽也晶亮。每一年，晚稻收割后，母亲买来新糯米，全家开始准备磨糯米粉。母亲把糯米淘洗干净后，在缸里浸上两天两夜，捞起后，一起运到加工厂用石磨磨成米粉，回家后把盛满湿米粉的白布袋吊起来，等到沥干水分后，用手搓成一根根圆柱状，再扳成一块块饼状，在太阳底下晒干。晒透的糯米粉酥得像饼干，拿到手里不用刻意去捏，轻轻握住立即会碎成粉末。糯米粉收藏起来，要用时很方便。

黑芝麻早已炒熟与白糖一起磨碎备用。从农贸市场买回来厚厚的猪板油，层层剥离掉其中像纸一样透明的筋皮，再与白糖芝麻揉到一起，制成的馅料捏成小饼，这便是芝麻猪油馅。

取适量糯米粉放盆里加水至干稀适中，取一团米粉在手里搓成圆柱状，在顶部用拇指按一个凹槽下去，然后取馅塞进凹槽中，把馅包在里面，再用手掌搓圆。做好的汤圆放入锅内煮，待汤圆浮出水面，就是熟了，便可食用。

糯米掺其他米还可以加工成其他米制食品，如酿米酒、米馒头和糟带鱼等。甜酒酿是我母亲最拿手的。糯米蒸熟拌上酒酵发酵而成。若在炎炎夏日，吃上一碗冰凉的甜酒酿，自是五脏透凉；若在寒冷冬天，将酒酿与金丝琥珀蜜枣或鸡蛋一起煮沸，吃起来又香又甜，令人寒意顿消。若把糯米粉搓成小圆粒，放入桂花做成桂花圆子，和甜酒酿一起煮，酒酿的甜润，圆子的软糯，甜而不腻，回味悠长。

年糕我所欲也，猪油汤团亦我所欲也。对宁波人来说，煮食方便又美味的年糕，成为人们餐桌上的日常，而猪油汤团作为一份美丽至极的甜点，总能在合适的时候慰藉我们的心灵。冬日里，就让一份酸酸爽爽、热气腾腾的咸齑肉丝年糕汤，外加一碗甜而不腻、糯而不黏的猪油汤团来驱走寒意吧。

原载2022年1月6日《奉化日报》

苔菜飘香时

每年冬天，我总要到莼湖走一趟，不为别的，就为海鲜和苔菜。

冬季是苔菜质量最好的时候，我挑了一个阳光明媚的日子，来到栖凤渔村的海边。极目望去，退潮后的大海留下一片绿色苔菜铺满滩涂，渔民正在忙着采集。在栖凤渔村，采集和晾晒苔菜是很多渔民的副业。每天退潮后，采苔人穿上防水连裤靴，拿着采集工具，行走在滩涂上，轻轻地把和着海泥的湿海苔耙起放入箩筐。在红胜塘坝下，一排采苔人站在海水齐腿深的位置，将苔菜中的碎泥洗去。一位姓沈的老伯告诉我，洗苔菜必须用海水，清洗时摇晃几下箩筐就可以，千万不能使用自来水。因为用海水冲洗的苔菜，不但保留了海的味道，晾晒后的口感也不会苦涩，带有咸香。被采苔人采集过的地方，遇到合适的水温，很快又会长出新的苔菜，可以再次被采收。我想，这就是大海馈赠给渔村的最好礼物。

我在村里转悠时，看到空旷的田野上布满了一字排开的木桩。塑料绳缠在上面,连接成一行行"晾衣架",上面晒着翠绿的苔菜,远远望去场面颇为壮观。沈家阿婆在木桩阵中穿梭,她将一坨坨苔菜挂在"晾衣架"上,再用双手将它们一一摊开,并拣出附在上面的小贝壳。等苔菜的水分蒸发掉一大半后,它的外层表面会呈现干缩的状态,此时,可进入翻苔菜的工序。经过半天的日光暴晒,苔菜有了收成。我跟随沈家阿婆到她家中购买苔菜,说起冬苔与春苔的品质,她说,冬苔是头水苔菜,枝条比较细,在有西北风的阳光下晒干后,格外鲜脆。而春苔比较粗,经东风吹过后,相比冬苔的味道要稍逊一些。当她打开装满苔菜的袋子时,一股鲜香气味扑鼻而来,我拗几缕放入口中,脆咸的味道充满嘴巴。

苔菜不属于海鲜,只是生长在海里的植物,属于海藻类,是紫菜的一种,但并不等同于紫菜。苔菜含有丰富的碘、钙、铁等元素,营养价值很高。我们买到的苔菜大多是相连的条状,宁波人称之为"苔条"。对爱吃海产品的宁波人来说,苔菜是饭桌上不可或缺的。苔菜炒花生米一直是老百姓的下酒好菜,也是白粥泡饭的最佳配菜之一,可谓是"长下饭"。在宁波地区,油煎苔菜糯米块或苔菜年糕条是老底子的传统点心,而苔菜油拖黄鱼更是保留菜品,只有在春节等传统节日才会隆重登场。此外,还有将苔菜碾碎和入面粉,以烘焙和煎炸方式制作的苔条饼、油攒子等美食,也是宁波人的心头爱。特别是酥酥脆脆的苔菜千层饼,是溪口的招牌点心,每一位到溪口旅游的人,总忘不了它的味道,忍不住多带一些回家,当伴手礼送人。

苔菜的贮存十分方便,放在冰箱里很久也不会变质,色泽依旧翠绿。虽说它在饮食中经常充当小配角,但一桌菜里还真是少不了它的乡土味呢。

原载 2022 年 3 月 2 日《奉化日报》

薜荔微凉

薜荔，又名凉粉子，木莲。读这个名字，便觉一阵凉意。每当夏天，我游走在乡村的时候，必定会吸上一杯凉凉的木莲冻来排解暑热。

木莲冻是从哪个朝代起成为夏日冷饮的，我不得而知。但作为乡村景物，薜荔是历代文人文学作品中常见的意象。

屈原对薜荔尤为喜爱，在《楚辞·九歌》中，薜荔多次出现，已然是美好品德的象征。《湘君》："采薜荔兮水中，搴芙蓉兮木末。"《湘夫人》："罔薜荔兮为帷，擗蕙櫋兮既张。"《山鬼》："若有人兮山之阿，被薜荔兮带女萝。"

初唐著名诗人宋之问被贬南方，他在《早发始兴江口至虚氏村作》写道："薜荔摇青气，桄榔翳碧苔。"薜荔是一种木本蔓生植物，常绕树或缘壁生长。他在句中用了一个富有动感并充满了生命力的"摇"字，生动地描画出枝叶攀腾、扶摇直上与青气郁勃、无以自守的情态。桄榔则是一种亭亭玉立的乔木，与蔓生的薜荔对举，构图相当优美。

薜荔质朴，不施粉黛。《红楼梦》"大观园试才题对额　荣国府归省庆元宵"中，众人游览大观园，但见奇花异草，闻得清香扑鼻，于是纷纷猜测何种植物，能有如此奇香。有的说是薜荔藤萝。贾政道：薜荔藤萝不得如此异香。宝玉道：果然不是。这些之中也有藤萝薜荔。那香的是杜若蘅芜……此是薜荔见于名著的记载。后来元妃省亲，贾宝玉做的诗中有"蘅芜满净苑，萝薜助芬芳。软衬三春草，柔拖一缕香"，其中又写到了薜荔，说"蘅芜苑"异草遍地，藤萝、薜荔这些本来无香气的植物仿佛增添了异草的芬芳，从而更显出此处的馥郁幽香。

宋代司马光的"修竹非俗物，薜荔亦佳草"、梅尧臣的"植物有薜荔，足物有蜥蜴"等都给了薜荔以很高的评价，诗人郑刚中在《幽趣十二首》中写道："幽趣无人会，虽然亦有为。晚凉寻薜荔，细雨架酴醾。扫屋除蛛网，添花助蜜脾。黄昏方隐几，酒兴又催诗。"薜荔微凉，酴醾架下；细雨微风，韵味十足。

宋人雅兴，今人不输。薜荔，味淡，微凉，有祛风利湿，活血解毒之功效。将薜荔果实之囊中物化作夏日清凉饮品——木莲冻，其制作之简约尽显木莲之清雅低调。

准备冷开水若干毫升，薄荷水少许兑红糖适量，放置待用。取木莲籽适量，放于纱布中，用绳子扎紧成袋，先用清水洗净，后把袋子放在冷开水中揉搓，挤出木莲籽里的果胶。在水中揉搓至木莲籽干涩为止，再用手搅拌均匀，静置或放冰箱冷藏，晶莹剔透、微凉可人的木莲冻便制作完成。食用的时候，用勺子轻轻地刮起薄片，放置碗中，注入兑好的薄荷水。

若是用玻璃碗盏来盛，当红糖水色慢慢渗透进晶莹的木莲冻，上面再撒几片翠绿的薄荷叶或水果片，那美得简直是一幅春江水暖图。

有人把木莲冻比作果冻布丁，殊不知，木莲冻不光外表晶莹透亮，吸上一口，那种润滑似丝绢般的、微凉带有香草味的纯天然口感，岂是果冻布丁能比的。

我们江浙一带乡村随处都有薜荔栽种，谁家墙上披着瀑布似的一帘青衣，枝叶中满挂一只只饱满的矮酒瓶似的青果，那定是"薜荔成帷晚霭多"。

木莲冻至今仍是广泛流传的夏日消暑佳品。

原载2022年8月30日《鄞州日报》

腐皮也美丽

这要从豆腐说起。

豆腐的制作技术和食用方法，在我国古书中均有记载。据清人《坚瓠集》载：豆腐是西汉淮南王刘安首创。他在淮南时，从八公山取"白眼泉水"，以石膏点豆汁，从而发明豆腐。此事有一诗为证。其诗曰："雪白方田似水晶，泡磨滤煮点浆成。佳肴老幼皆欢喜，源始八公山下羹。"其时发明的豆腐，未曾将豆浆加热，乃是原始豆腐，其凝固性和口感都不如当前的豆腐，因此没有普遍被百姓食用。

宋代理学家朱熹写过一首豆腐诗，鼓励人们多种黄豆制作豆腐换帛布，其诗曰："种豆豆苗稀，力竭心已腐。早知淮王术，安坐获泉布。"诗中的"淮王术"即淮南王做豆腐的技术。意思是说知道了大豆能制豆腐，就可以轻松地通过卖豆腐获得财富，再苦再累也要多种些大豆。到宋代，豆腐方才成为人们重要的食品。南宋诗人陆游记载苏东坡喜欢吃蜜饯、豆腐、面筋。吴自牧《梦粱录》中可见有两段相关的记载，其一记："更有酒店兼卖血脏、豆腐羹、螺蛳、煎豆腐、蛤蜊肉之属，乃小辈去处。"又一记:"又有卖菜羹饭店,兼卖煎豆腐、煎鱼、煎鲞、烧菜、煎茄子,此等店肆乃下等人求食粗饱,往而市之矣。"可见,当时豆腐已广泛见于百姓的餐桌,而且有多种烹制方法。

宋时起,制作豆腐时将豆浆加热,有了豆腐皮、豆腐干、豆腐乳等豆制品,这些民众喜欢的日常美食流传下来,也包括一些赞美的诗篇。清代年间,江南地区的一些豆腐制作坊,常以《赞豆皮》诗做广告宣传。有一首《赞豆皮》诗曰:"波涌莲花玉液凝,氤氲疑是白云蒸。素花自可调羹用,试问当炉揭几层?"此诗描绘了豆腐皮的制作过程,末句以提问的方式称赞豆腐皮很薄,质量好。

豆腐皮是浓豆浆加热时,豆浆表层产生的一层皮,腐皮作为一种有韧性的食材,可以把各种荤素包裹其中,制作成各种菜肴。

腐皮最辉煌的呈现莫过于油炸。宁波状元楼招牌菜中有一道"腐皮包黄鱼",它是把小黄鱼的鲜完全包裹进腐皮中,通过油炸的烹调方法,令美味在酥脆中达到完美释放。

摊开一张泡软的腐皮,嵌入切好的肉馅(肉馅中已拌入葱花、料酒和盐),卷成筒状,上屉蒸制后凉透切成小段,放油锅里炸酥。蘸上米醋,一口咬下,"咔"的一声,听觉享受先于味蕾感受,因此有一个响亮的名字叫"炸响铃"。

腐皮作为素食,凉拌是最常见的表现形式,但也有例外。

以普通食材白萝卜为主角,腐皮为配角,做成萝卜丝香排这道菜,是味觉与视觉的双重享受。把萝卜、葱切成丝,萝卜丝用盐腌至水渗出,质软,挤干水分,加入葱丝及味精,拌匀。豆腐皮两张，加入拌匀的萝卜丝、葱丝少许摊开，叠成扁平状，拖蛋液滚面包糠，压紧，用牙签扎上小孔，制成素排。油温烧至四成热，加入素排，炸至金黄，捞出沥去油，置案板切成宽条，装盘，淋条状番茄沙司若干，美丽的萝卜丝香排大功告成，一口下去，酥中带脆又爽口，腐皮成就了萝卜从丑小鸭变成白天鹅的华丽转身。

生活中有时很普通的东西，用对了地方，好比是画龙点睛，腐皮即是一例。

原载2022年10月8日《鄞州日报》

回望

第四辑

稻米飘香时

每年到了这个时节，一阵阵秋风吹起，拂动沉甸甸的稻穗，田野里便会泛起一层层金色的浪花，淡淡的稻香就在空气中弥散开来。

秋风带来了我童年的记忆。我的童年是在北仑大碶镇的奶奶家度过的。奶奶家是居民户，自己没有耕地。奶奶家门前的不远处就有一大片稻田，一到秋天稻子成熟了，我们总会去那儿玩耍。

择一个晴好天气开镰了！农人们拿着镰刀弯着腰，对着稻子一垄垄一路割过去。割稻活看似不难，稻子很快由直立状变成横卧状，稻田里露出了肥沃的泥土，一行行稻茬就像是五线谱。割下来的稻子在田边有序地堆放着，打稻机在田埂间来回穿梭。看着农人们得心应手的样子，我们忍不住都试着去割稻。弯弯的镰刀可不随便听我们使唤，很快小伙伴中就有人被割破手指了。

我们跟着打稻机，听着轰隆隆的声音响彻耳际。当捡拾起被遗漏的稻穗时，会欣喜若狂大声喊叫。我们比赛谁的稻穗拾得最多，全然不知我们吃的每一粒米都包含着农人们从耕耘播种到收获的辛苦。

金黄的稻子从打稻机里出来后，被分割成稻草和稻谷。稻谷送进附近的碾米厂，碾米机器再把稻谷分离出砻糠和白米，最后白米经过再加工成为我们口中的香米。

打完稻，还有一件很开心的事——做灰汁团。农人们把稻草烧成灰，耘在田里，是给来年的田最好的肥料。大人们会取用一些稻草灰，把浸过稻草灰的灰水过滤取汁，倒入在文火中烧的米粉里，不断搅拌均匀。当八成熟且颜色略黄的半成品粉团出锅时，一只只小手争着抢着捏出一只只圆润的团子来。再次放进蒸笼里去蒸时，我们都守候在炉灶前，等那带着稻谷的香味飘出，等不到冷却后会变成最为美味的灰汁团，便会把这些深棕色的乡村美食一抢而空。

秋天，稻米飘香时，丰收的乡村是多么美丽啊！

原载2019年10月26日《宁波老年》

二月放鹞子

日子转眼到了三月，暖洋洋的春风吹起来了，吹绿了柳枝，也荡漾起我的心旌。我知道，又到了放鹞子的时候。

"儿童散学归来早，忙趁东风放纸鸢。""纸鸢"是古时对风筝的叫法，我们南方一般称风筝为"鹞子"。放鹞子是专属孩子们的游戏。我清楚地记得，读小学时，手工劳动课就有制作鹞子。我们在老师的指导下，把准备好的细竹条，用细铁丝扎成一只燕子的形状，将黑纸粘在上面，再系上细长的尼龙线，又把尼龙线缠到一根短粗的木棍上。鹞子做好后，等到糨糊干了，我们小心翼翼地拿着鹞子到操场上去放。一个同学用手捏住鹞子的身体，高高举过头顶，另一个同学牵着尼龙线，远远站着。随着一声"放"，身体与鹞子不由得往上一送，那尼龙线一松，鹞子借着风势趁机脱离而去。我们奔跑起来了，边跑边放线。那鹞子也不是随便听话的，平飞了没多高就一头栽下来了。于是从头再来，摸索着随风奔跑的方向，调整手举起来的高度，还有放线的速度，终于在一遍遍的练习后，鹞子越飞越高，稳稳地在半空中翩翩起舞，我们的心也跟随着它飞向了高处，飞向了未知的世界。

长大后，再放鹞子时已为人母。二月里的春风吹得人心痒痒的，读小学的女儿在家也是待不住，我领着女儿到附近的樱花公园里放鹞子。公园门口一排地摊售卖着各种动物样子的鹞子，我们选了一个粉色的花蝴蝶。女儿一手拿着鹞子，一手拉着我快步跑进公园。在开阔的草地上，早已有好多孩子在放了，天空中飘满了色彩斑斓的鹞子。我们选了一块空地练习起来。过了好一阵子，我们的蝴蝶终于飞了上去，加入这些五颜六色的行列中。鹞子们像美丽的花朵，高低错落开放在蓝天白云围成的立体大花园中，它们和着经久不息的风，发出噼啪的声响，又像是协奏曲，从空中传回到地面。这时也有一段小插曲，就在蝴蝶欢快地高空舞蹈的时候，突然有一只大黑鹰俯冲过来，黑色的大翅膀，褐色的大眼睛，一副盛气凌人的模样，着实把我们可爱的蝴蝶吓了一跳。"快跑，快跑！"女儿攥紧的线用力一拉，蝴蝶一下子就躲开了。"哈哈哈！"原来，男孩子们是最喜欢这种猛兽类的。公园里的孩子们不知疲倦地奔跑着，欢笑着。

春天的三月是属于孩子们的，属于鹞子的。

原载 2019 年 3 月 29 日《宁波晚报》

喜欢蔺草席

宁波有"东乡一株菜,西乡一根草"之说,东乡的一株菜指的是雪里蕻,而西乡的一根草指的是宁波西乡古林、高桥、横街和集士港一带广为种植的蔺草。

去年晚稻收割后种下的蔺草秧苗,经过半年多时间的阳光雨露和精心照料,到了6月,长成为与人肩高的成熟草茎。这些颜色鲜绿的草本植物,一根根圆滑细长,粗细均匀,散发出浓郁的香气。蔺草需人工收割,在一个月的时间里完成。

农人们用镰刀齐泥割平、割齐,用力地抖动草料,筛选出其中无效的部分,捆扎成束,拉货的卡车到田头,把草送往烘干厂进行机器烘干。7月里高温烈日的气候条件,正好有利于席草翻晒。从8月开始,储藏在仓库里的新鲜草料被陆陆续续地运出,前虞村的草席厂开始了新料的加工。

20世纪70年代末,古林镇引入日本蔺草品种种植;20世纪80年代后期,大批进口生产榻榻米编织机、提花席编织机等电动棉、麻纱席织机,织席业蒸蒸日上,大批量出口日本,成为当地经济一大支柱产业。

蔺草，俗称席草，书名灯芯草。早前是漫生于溪边泽地的野生草类，古代西乡的广德湖滨就遍生灯芯草。广德湖的肥沃泥涂，特别适合蔺草生长。明州草席，最早时使用的就是广德湖一带野生的蔺草，随着北宋末年的填湖造田，广德湖不复存在，野生蔺草经人工改良，培育成为席草，在古广德湖田与湖滨地区（今宁波西乡）开始人工种植。席草纤维长，富有弹性，抗拉性好，色泽鲜艳，清香浓郁，是极佳的天然绿色植物纤维，可以用来编织凉席、枕席和其他草编制品。

宁波老人习惯把席草凉席称为"滑子"，是基于一个传说。南宋时期，金将兀术率兵渡钱塘江，沿后塘河直奔南宋临时陪都明州（今宁波），大元帅张俊带领宋军到明州西乡黄泥墙（地名）与百姓一起，将数千条草席盖在沿河的青石板路上。次日凌晨，金兵大队人马来到黄泥墙，马踏草席，蹄滑而倒，人仰马翻。这时宋军和百姓喊声四起，勇猛出击，金兵大败而逃。之后，宁波草席有了"滑子"之称，一直沿用至今。

宁波西乡种蔺草已有1200多年历史，以古林镇（古称"黄古林"）种植的面积及草编工艺最负盛名，被称为"中国草席之乡"，其草编民间工艺有2000多年历史，蔺草制品以手工或机械编织而成。黄古林草席以麻筋为经线，以席草为纬线，采用木机手工编织，不仅花色品种多、选面平直、编织精密、硬朗挺括、吸汗力强，还经久耐用，是我们夏日里最爱的消暑用品。

小时候，家里总备有各种规格大小的草席，每到暑假，在家里地板上铺上一条草席，几个小朋友在上面"席地而坐"，打牌或玩其他游戏，能消耗掉大把时间。午饭后，躺在草席上小憩，一手拿本书看，一手摇着蒲扇，看书累了，倒头便睡，一直可以睡到天黑。一块保养得好的草席能用上好几年，不用时擦洗干净卷起来收藏好。当年如要新添席子，父母总会早早地去张斌桥，后塘河上的船只摇来黄古林的草席，席市就在河边开张，一时人声鼎沸，热闹非凡。买来的新席，拿到太阳底下晒上半小时，反复拍打几次，再用温水擦洗干净，放在阴凉处晾晒，晚上睡在软滑凉爽的席子上，舒服的夏夜就此开启。

现在，可选择的凉席品种多了，家家户户也有空调消暑，而我还是喜欢用黄古林蔺草编织的传统草席。

原载 2019 年 8 月 30 日《鄞州日报》

家有老物件

最近，老年大学要做一个关于"老宁波旧物里的故事"的节目，向广大学员征集老物件，并要求讲述其中的故事。我父母家还有几件遗存，都是 20 世纪 70 年代的产物。

锡罐，宁波老话称"锡瓶饭丸"。宁波气候潮湿，年糕干、饼干、豆酥糖等食品一旦开封没有吃完的，但凡没经密封处理，次日肯定受潮，不再酥脆，影响口感和食欲。于是，我们便把余下的食品放进马口铁制的饼干箱或者锡罐里。锡罐真是个好东西，新的时候银光闪闪，使用久了会变成铅的颜色，用沙子擦洗则会光亮如新。锡罐用得最多是过年时，里面总是装满了冻米胖、年糕干等食品。

小时候我家住在江北老外滩，三楼的窗户正对着天主教堂的钟楼，所以我家可以不用时钟。20 世纪 70 年代初，我家搬到江东北路泥堰头，家里需要购置台钟。父亲经常出差，有一次从上海买回来一台三五牌台钟。栗色的木质外壳，圆圆的银色的时针盘上有着一长一短两根指针，还有细细的一根红色秒针，标准的阿拉伯数字分布在 1 点到 12 点的位置，还有两个小窗口，可以显示日期。台钟每半个小时敲一下,整点时"当当当"敲几下,房间安静时能听到时钟"滴答滴答"转动的声响。我们定期给它上紧发条加加油,它又能走好几天。台钟成为我们家庭的一员,我们始终依赖它。

说来还有一段往事让人不能忘怀。小时候,学校组织去四明山樟村春游,头天晚上我高兴得睡不着觉,夜里只听得台钟"滴答滴答"的声响,好不容易睡着了,等到醒来没开灯,借着月光一看钟,已是早上5点10分,我班是5点45分第一批出发,我赶紧起床到厨房烧泡饭,才不久好像听到"当"的一声,以为到了5点30分,再去房间里仔细一看时间,原来刚才把长短针看错了,现在才凌晨2点30分。赶紧回床上继续睡觉,经过这一折腾,早上是真的迟到了,只好坐别的班级的车去。

老物件其实还有好几件,不过都已退居二线,只有这只三五牌台钟还在继续发挥作用,每次我去父母家,看到这台钟,总会回味起美好的往事来。

原载2020年4月24日《宁波老年》

我读电大那会儿

今年春天受疫情影响，老年大学推迟开学。中国老年大学协会适时推出了十万集优质网上老年大学课程，满足大家求学求知的欲望。不用出门，坐在家里即可收看这些喜欢的课程，这不禁令我想起20世纪80年代上电视大学的那点事来。

1979年我高中毕业那会儿，因为填报高考志愿不妥，未能到心仪的大学就读。一年后，凭优异的招工考试成绩，到当时正是朝阳产业的电子系统下属电子工厂工作。我全身心投入工作，年复一年，工作屡屡出成绩，但学习的事就被耽搁了下来。1984年，得知浙江广播电视大学要开设理工类电气工程专业，我们同时进厂的同学兼同事奔走相告，大家都要去读电大。

读夜校，每星期有五个晚上的课。大教室里灯火通明，坐满了近百号来自各行各业热爱学习的人。教室前面左右两边各放着一台大电视机，有一位老师专门负责给我们放录像。他把白天播出的全日制中央电大的课程录下来，晚上放给我们学习。当时我们工作时间还没有实行双休制，每周唯一的一个休息日就来上宁波电大老师的面授辅导课。每天的生活就是三点一线，白天上班，每天下班后匆匆回家扒两口饭，就急忙骑自行车往学校赶。从我家的江东北路泥堰头经灵桥再到和义路，最后到姚江边的宁波电大老校区，上完课回家还要复习、预习、做作业，每晚都要忙到十一点。这样的日子持续了三年，虽然很艰苦，但学习的快乐远远超过了这份付出。

大多数的授课老师我只能在电视里认识，他们来自北京大学、清华大学、西安交通大学等。中央电大综合了最优质的教师资源和教材优势，让我们每个学生都能充分享受名校优质的教学。俗话说，师傅领进门，修行在个人。我只有利用好业余时间，不浪费每一寸光阴，努力读懂教材内容，才能学好每一门课程。记得第一年读基础课《高等数学》时，学习兴趣浓厚的我，居然能把与教材配套的约400页的习题集都做下来，最后我在全国统一期末考试中考出了97分的好成绩，成为我校近百位学员中的佼佼者。经过三年刻苦的学习，我终于拿到了来自浙江广播电视大学电气工程专业的大专毕业证书。

学海无涯，活到老，学到老。现在有网上老年大学的优质课程，又不受时空的限制，此时不学更待何时！

原载2020年11月6日《宁波老年》

端午往事

又到了农历五月初五端午节。当烟火中飘起了粽香，我想起小时候过端午节的事来了。

临近端午节，母亲早早备好了糯米、豇豆，又买来了包粽子的箬壳。端午前夜，母亲去菜市场买了些咸猪肉回来，每年这个时候，母亲都要为全家准备两三个品种的粽子，肉粽、豇豆粽只是配角，碱水粽才是重头戏。

箬壳已用水漂好，母亲捞出来洗刷干净，把浸过的糯米沥干拌入碱水，雪白的糯米变成了淡黄色，然后拿起一片箬壳卷成漏斗状，用调羹将糯米放入，再拍打结实，按紧，将上面的箬叶折下盖好漏斗，包裹完多余的箬叶再反折上去，最后用棉线绑扎，四角三棱形的碱水粽子就包好了。肉粽和豇豆粽包法也一样，只是在白糯米中间加入一小块咸猪肉或者若干粒豇豆，为区别开来，母亲用撕下来的箬壳老叶两边绑扎粽子，再分别用不同的打结方法作为记号。

母亲包粽子又快又好，粽子一个个有棱有角，精神得很。我尝试着学，包了半天也包不出一个，不是将箬壳包得支离破碎，就是包的粽子软塌塌不成模样，煮完米还从箬壳的缝隙间漏出来，造成浪费。

粽子包好后，母亲就把它们放进大的铝锅，加冷水漫过粽子，慢火蒸煮。煮上两三个小时，厨房弥漫着淡淡的粽子香味，那四溢的香味不时勾引出我的馋虫来，做啥事都心不在焉的，于是挑了个自己裹的小粽子先尝起来，解开粽绳，里面的米粒虽说已经熟了，但粒粒分明，一点儿也不黏糯。

粽子经过一夜的慢火蒸煮，外表的老箬壳依旧挺括，其中的糯米已是软糯黏稠、紧密结实，趁热或凉着吃都各有风味。解开箬壳，把粽子放置碗盏里，蘸上白糖或者红糖，吃起来香甜可口，尤其是尖尖的长角总是被第一口咬下去。

端午节不仅裹粽，还有插艾叶、悬挂菖蒲剑以"斩千邪"，洒雄黄酒和佩香囊以驱瘴等习俗。由于夏季天气燥热，人易患病，瘟疫也易流行，蛇虫繁殖易咬伤人。古人视端午为毒日，所以衍生出种种求平安、禳除灾祸的习俗。

我们有时也会用彩缎边角料做些香囊，里面放些樟脑或朱砂、雄黄、香药等，加以五色丝线做挂绳，挂于颈上胸前，过一个"粽子揾白糖，香袋挂胸膛"的端午节。

原载 2021 年 6 月 11 日《鄞州日报》

我的小藏书

书房不大，十平方米，安放电脑桌、写字台。当年搬进新居装修时，把一排书柜、书橱兼做了与隔壁房间的隔离墙体。

新住进来时，我还没退休。当年学的是财会，工作也是与经济有关，书柜中的藏书大多数都是经济类的。要是追溯到再早些年，我还是一个理工女，电气工程专业的三年教科书，纸张早已泛黄，但我舍不得扔掉，至今还牢牢占据着书柜一隅。

1977年，国家恢复高考制度。那年秋天，我读高一。高二读完便高考，中了榜，但由于志愿填报不妥，没有被心仪的高校录取。做了一年临时工，第二年参加招工考试，成绩优秀，进入电子系统工作。几年后，我白天工作，晚上和休息日，走读中央广播电视大学的电气工程专业，三年下来，教科书和辅导书成了我的第一批藏书。

年少时喜欢看书，基本上都是小说。经济不宽裕，买不起书，只能借书看。父亲在渔轮厂工作，他的图书卡成了我的专属，我的很多书都是一本一本地从渔轮厂图书馆里借来看的。每每借到喜欢的书，回家总迫不及待地阅读，吃饭也没心思，晚上就着一盏小台灯，几十万字的一本小说，几个晚上就能读完，接着又是一轮归还和借阅。《静静的顿河》《钢铁是怎样炼成的》《红岩》等图书馆新购入的优秀作品，十分受欢迎，借阅者众多。胖胖的图书馆管理员大伯知道我喜欢书，总是给我开小灶，有时还将书偷偷藏起来设法通知我先去借。我紧赶慢赶地看完书，赶紧还回去让他人借阅。那时候，好想自己能发一笔小财，可以毫无顾虑地买书慢慢看。

改革开放后，国家把工作重心放到经济建设上来，经济类人才出现缺口，我紧跟形势开始攻读经济类课程，把方向瞄准了浙江省高等教育自学考试的会计专业。《经济法学》《工业会计学》等，我读过的涵盖专科、本科段的四五十本教材成了我的第二批藏书。

1992 年，全国首次会计专业技术职称资格考试开考，我先考初级助理会计师，考试通过后按规定四五年后考中级会计师，这样，一批经济类职称考试用书和财经英语等教辅材料又填充了我的藏书。之后，还有源源不断的经济类培训和继续教育充实我的大脑，新的经济类书籍不断补充进书柜。再后来，我又向更高的学历进军，攻读浙江大学金融类硕士研究生课程。有了金融类书籍的加盟，我的经济类藏书拥有了从初学者入门级别到研究生课题研究的全覆盖。

我的小藏书都是我读过的书。书是人类进步的阶梯，读书改变了我的命运。我把书中学到的经济知识结合到具体的财务工作中，工作变得顺手，效率也提高了不少。像一些从未涉及过的税法计算，我都能从注册会计师执业资格考试用书《税法》中找到答案。随着工作阅历的增加，加上财务新业务知识的不断学习，我从财务基础岗位一直做到了管理层和企业高层，经济收入也大为改观。其间，我还考取了全国注册建造师执业资格证书，开始攻读高级财务管理学科，大量的业务书和工具书在书柜中占有了不少的位置。

对阅读的喜好，从来就没中断。我阅读的书籍，开始从部分向图书馆借阅，部分零零星星购入转变成全部自己购买。我喜欢历史人物故事传记、财经小说、推理侦破小说等，我在自己的书中读到认为重要的地方可以做记号、画红线，以便反复阅读。

我是个非常喜欢旅游的人，在职时，无论工作多忙，每年一定会抽出时间进行一两次或短途或长途的旅游。到过五大洲近三十个国家和地区，足迹几乎踏遍中华大地有名的景区。出门旅游，旅行箱里会放一两本小说或散文，很多时候在机场候机时还会再买上一本，坐飞机的时候就是看书，登机牌充当书签，现在偶尔翻开藏书，还能找到一二。我还喜欢收藏去过的国家和地区的旅行地图、出游指南，这些小册子应该属于另类的藏书吧，它们也占有了一定的空间。

退休后，我开始到老年大学学习文学类课程，有在网上学的，也有在线下学的。《诗经全编全赏》《唐宋八大家大全集》《唐宋词选讲》等书籍，成了我的新宠。我把它们与之前买的一些现当代散文大家的作品，如余秋雨的《文化苦旅》、沈从文的《湘行散记》等放在一起，成为藏书的新生力量。一些作家老师赠予我的著作，也有不断增长的态势，一跃成为一道亮丽的风景线。

活到老，学到老，我开始练习写作，把自己对生活的小感悟投于报刊，陆续有小文章见诸报端。心中有一个小目标悄然滋长，待到某一天，瓜熟蒂落，汇集成自己的一本散文集，排列进我的书柜，成为我的藏书一员，那该有多好！

         原载 2022 年 1 月 15 日《今日镇海》

过年穿新衣

临近农历新年,不禁想起小时候的一些事。那时候喜欢过年,不仅有好多吃的,还可以穿新衣服。

我家有姐妹四人,彼此年纪相差两三岁。除了个头高矮不同,我们的胖瘦都差不多。平日里,节俭的母亲总会自己动手,用缝纫机做新衣服给老大和老三穿。她做衣服时,尺寸会稍大一点,这样老大和老三穿剩后,缝缝补补可以给老二和老四穿。对家里而言,这是蛮好的安排,只是总亏待了老二和老四。我在家排行老二,总不见有新衣服穿,就盼着过年,因为过年时,我们姐妹每人都有新衣服。那时候过年,天气非常寒冷,里面要穿棉袄棉裤,这过年的新衣服,就是套在棉袄棉裤外的罩衣裤。

每年阳历 10 月以后,母亲就忙碌起来,为过年准备新衣。母亲隔三岔五就去家附近的百货商店,看看有没有新花色的布料,盘算要用到多少布票。为了区别姐妹四人的衣服,她总会扯几块不同花色或颜色的布料,有时碰巧买到一块卖剩的零头布(零头布可以少算些布料尺寸),又恰好能做一件新衣服,像是捡到了大便宜,母亲会很开心。

为了表示重视，每年过年的新衣服要拿到外面的裁缝店去做。裁缝是个四十多岁的瘦高个妇女，在百货商店旁边开裁缝店有好些年了。老话说"量体裁衣"，我们姐妹是不用量体的，裁缝拿下挂在脖子上的皮带尺，直接量母亲带去的我们姐妹的棉衣裤，在每一块布料上用大头针别上小块的白布，用圆珠笔分别做好记号，一边忙一边说些"老大都长这么大了""福气真好"之类的话。

到了约好取衣服的日子，我们就会早早提醒母亲去拿。裁缝的小房间里堆满了布料，生意好得来不及准时完成衣服。我们去了常常取不来新衣，得催几次后才能把所有衣服都取齐。母亲一到家，我们一拥而上，眼巴巴地盯着她的手，挑出自己的新衣服，立马穿上，对着镜子前后照照，左右照照，舍不得脱下。新衣服放在衣橱里，隔些日子我们就会要求母亲拿出来看上一眼，有时还会拿到邻居家去和小朋友展示一下。

时间过得好慢，好不容易到了大年三十。这一日，母亲早早地把新衣服拿出来，摆放在我们的枕头边。晚上，全家吃过年夜饭，听着外面鞭炮声一阵阵响起来，期待着明天天早点亮，穿上新衣服去拜年。

如今，生活条件好了，穿新衣服变成再平常不过的事。即便如此，过年穿新衣服，或至少穿八九成新的衣服，想想还是有必要的。这不仅是生活的仪式感，更是为了记忆中的那份美好。

原载 2022 年 1 月 19 日《奉化日报》

那时元夕

"去年元夜时,花市灯如昼。月上柳梢头,人约黄昏后。今年元夜时,月与灯依旧。不见去年人,泪湿青衫袖。"一说到元夕,欧阳修的《生查子·元夕》就马上从脑海中跑出来了。

元夜即正月十五元宵夜,以今喻古,乃中国古代的情人节,或曰狂欢节。这还得感谢汉武帝时代的太史令司马迁,他创《太初历》时,就把元宵节列为重大节日。此后历代元宵夜不宵禁,男女老少皆可上街观灯游乐。未婚女子也可走出深闺"看人",双方若看对了眼,当场便可约会,故"月上柳梢头,人约黄昏后"终成千古名句。

欧阳修是有点罗曼蒂克情怀的,而唐代诗人卢照邻的《十五夜观灯》更接地气。"锦里开芳宴,兰缸艳早年。缛彩遥分地,繁光远缀天。接汉疑星落,依楼似月悬。别有千金笑,来映九枝前。"一入新正,人们忙着拜节、贺年,虽然有新衣美食,但娱乐游赏的活动比较少;元宵节则将这种沉闷的气氛打破,把新正的欢庆活动推向了高潮。绚丽多彩的元宵灯火将大地点缀得五彩缤纷,甚至一直绵延不绝,与苍穹连成一片,远处的灯光恍若点点繁星坠地，靠楼的灯光似明月高悬。为这节日增光添彩的，当然还少不了美丽姑娘的欢声笑语。

农历正月十五，是汉族传统节日元宵节。正月为元月，古人称夜为"宵"，而正月十五又是一年中第一个月圆之夜，所以称正月十五为"元宵节"，又称为"上元节"。按照民间传统，在一元复始、大地回春的节日夜晚，天上明月高悬，地上彩灯万盏，人们观灯、猜谜、吃元宵，合家团聚，其乐融融。

这让我想起了小时候的元宵节。正月十五还没到，我们便开始为灯会制作灯笼。我们用细铁丝扎成一只兔子的形状，糊上白纸，再用红纸做眼睛，在"兔子"的肚子里扎上一枚钉子，钉子的尖头插入一支蜡烛，"兔子"四周用同样细长的尼龙线缠到一根短粗的木棍上，兔子灯笼做好后，等到糨糊干了，便可以拎起来行灯会。到了十五夜，吃过元宵，小朋友们一个个从家里点了灯笼出来，在街上集聚。各色各样的灯笼中，最多的是红灯笼和兔子灯笼，它们汇成游动的灯海，带着孩子们的欢声笑语，荡漾在街巷里弄。虽没有"东风夜放花千树，更吹落，星如雨"的壮观，却是我们记忆中最纯真的快乐。

小时候的元夕有着童年的美好回忆，而今时三江六岸华灯初上更令人欣喜。我们不仅仅在节日之夜可以观灯赏月，每天都可以欢庆游乐，因为每天都是欢乐祥和的日子。

原载 2022 年 2 月 24 日《鄞州日报》

儿时的暑寒假

一

学校结业式结束，我们姐妹几个就坐车到乡下的奶奶家去过暑假。

假期的第一个星期，我把学校里布置的暑假作业都做好，接下来的日子全部自由支配。

我早上是自由散漫的，有时睡到姐妹们来叫，就起床胡乱吃几口泡饭酱瓜。女孩子们文雅，游戏玩得最多的是"算24分"，三四人不等，一副扑克牌就可开局。几人坐定，抽去大小王和J、Q、K，留下其他牌，一人洗牌，40张牌按人头顺时针发牌，牌发完，游戏即开始。每轮共出4张牌，我们将4张牌所代表的4个数字通过加减乘除等混合运算，心算出24分，算出的说一声"好了"，不能直接说出答案，等其他人继续，最后一名或者算不出的要吃进牌，每局以手中无牌者为赢。最紧张的是前面两轮都无解，牌已经积压下来8张，这一轮开局注定是至关重要的，因为输者要同时吃进12张牌，她这一局基本上已胜利无望。

高年级的姐姐会利用平方和开根号计算，占有优势，低年级的妹妹只能用最简单的加减乘除。像2356这组数字，通过3×8＝24或4×6＝24就有好几种方法可以直接算出答案，比较简单；但像5551，441010这样的数字，非得用上括号，有时还要摆出算式才能算出来。"算24分"是小时候最原始的益智游戏，我们乐此不疲。输牌者，除了面子上过不去，还要给第一名贡献几张"花绿纸"。花绿纸是包裹在小糖果外面的塑料纸，上面印有各种花色图案，色彩缤纷，甚是好看，比起印刷的香烟壳子要亮丽得多。女孩子们心细，剥下的塑料糖果纸放水里清洗干净，贴木门上晾干，夹在书本里收藏，不时翻出来欣赏，有时还进行交换。我每每"算24分"赢来花绿纸，总要挑自己没有的花色，夹进书本里珍藏。班级里有位王同学，她家的上海亲戚经常寄糖果来，她收藏的花绿纸品种多，色彩丰富，经常引来我们羡慕的目光，我通过"算24分"还赢来不少呢。

午饭吃过，照例铺开草席，躺地板上看书，看累了就睡觉。大约四点钟光景，小伙伴们一起就往河里跳了。奶奶家的门前有条小河，一到暑假，小河便成为小伙伴们欢乐的海洋，每天总要跳进河里游几下才作罢。男孩子们击水花、打水仗，是家常便饭。我们女孩子相对文静，除了老老实实地游水，有时还随身携脸盆，沿着河边摸螺蛳。暑期是螺蛳的旺季，贴着石头密密麻麻的，我们小手上去一把能摸来十来个，只消一会儿就能获得小半脸盆。摸来的螺蛳放清水里养着，养到第二天，等它们吐净泥沙，用大剪刀剪去屁股，做成酱爆或者葱油口味的，是餐桌上的一道美味。

太阳从墙角隐去，天色渐暗，奶奶往家门口的十几块大石板上洒一些清水,我们一起搬出竹椅子、小桌子,端来菜,盛好饭,一家人围坐一起,有说有笑。妹妹们不会嘬螺蛳,就拿缝被子的针挑,挑得烦了,干脆用调羹舀螺蛳酱汁拌饭。美味的螺蛳酱汁拌饭撑饱了肚,身体也吃热了,就摇着蒲扇乘凉。大人们一口老酒,嘬几个螺蛳,时光仿佛也慢了下来。邻居阿叔笑着说了句"南风吹吹,老酒注注,这日子咋介惬意",我们哄然大笑。

那时候,我们还没有学过朱自清的《荷塘月色》,但我们不知多少次拜倒在这亭亭的舞女裙下。我们去河对岸的半亩荷塘摘荷叶玩,更多时候是在傍晚,有一次还是雨后。远远望去,荷塘中,有高高低低、层层叠叠的翠红相间,隐约有些许黄绿、粉色。亭亭玉立在池中的荷花,跟着微风的节奏摇曳生姿。走到近处,一枝枝花茎擎起硕大的绿盘,盘底铺满水银般的大珠、小珠,风一吹,亮晶晶的水珠滚来滚去,又哗啦啦地滑到池中,吓得在荷叶上打坐的青蛙扑通一声蹿入水中,引人发笑。

荷塘中,有嫩绿的小荷叶随清风翻转或卷曲,也有墨绿色的老荷褪去几片故衣,悄无声息地落到水里,水面泛起层层涟漪。粉色的花瓣白里透红,有的才展开两三瓣,有的已全部展开了,露出嫩黄色的小莲蓬;有的小莲蓬褐色的穗子已落去些许,它们姿态各异,或热情奔放,或羞涩地藏在翠叶后面。

暑假结束,新学期来临,我们恋恋不舍地回城。晒成泥鳅一样黑的我们,等捂过一个秋天和初冬,寒假又将赶到乡下,开始新一轮的"算24分"。

二

照例，学校结业式结束，我们姐妹几个又坐车到乡下的奶奶家去过寒假。

天可真冷，一直阴沉着，看不到太阳，我们赖在床上不肯起，被窝越睡越冷，奶奶说，这天是在"捂雪"，我们一听倒高兴，雪是好玩的东西，是不能错过的，就起来等吧。冷咋办？在明堂地上铺的十几块大石板上蹦蹦跳跳，一会儿就热了。我爸是长子，我们的堂弟堂妹们尚小，群体活动多由我们姐妹几个主导。比跳远，以一条石缝线为界，一排人起跳，妹妹们总跳不到一半石板远。而比单腿撞击就不一定了，一条腿搁在另一条腿上面，用双手扶住腿，并撑开以保持平衡，还需跳着向对方发起进攻，谁先落地谁为败。我身体平衡性稍逊他们，长时间固守自己的阵营姑且困难，更何况有时两两对决会演变成多方混战，很快就败下阵来。这种简单的热身运动，我们始终玩不腻。

临近过年，家里养的大公鸡也壮实了，我们早就看上了它锦绣一样漂亮的毛。一沓碎布，中间嵌入铜板，剪出比铜板稍大一些的一个圈，5厘米长的鹅毛管一半剪开，折成十字形，用针线缝牢在这沓碎布上，修剪边缘，鹅毛管里插满鸡毛，一只漂亮的毽子大功告成。单脚踢、双脚交替踢、绞花踢……各种花样，层出不穷。

下午天气相对暖和些，我们除了做寒假作业，还为晚上"三鲜汤"的食材做些辅助工作。宁波人口中的"三鲜汤"，并不是只有三样食材，所谓"三"，只不过代表种类多而已，但其中的蛋饺、肉丸和熏鱼这三样是必不可少的。蛋饺，我们能做，蛋打散备用，微火上放一小汤勺（金属材质），滴几滴油，摇一下汤勺，让油在汤勺内壁均匀铺开，舀入一勺蛋液，少顷放入剁碎的肉末，待蛋液凝固后用筷子裹成饺子状。熏鱼，选用黑鱼最好，奶奶早已从菜市场买来，在河埠头洗净，切块后浸酱油半小时，沥干后放入油锅中煎，我们负责给鱼块翻面。我们能做的还有洗净大白菜，泡软粉丝，将肉丸、笋片、土豆片等置于案板上。

晚上一家人到齐，围着圆桌坐定，铜制的暖锅炭火正旺，鸡汤沸腾时，我们依次放入食材。在等待一碗三鲜汤的过程中，小叔依次问起我们的学业，夸赞几句，房间里不时响起热烈的笑声。

期待已久的雪终于在傍晚如约而至。先是零零落落，再后来越来越密集，终于飘扬成鹅毛大雪。第二天一早，窗外已是银装素裹，一派北国风光。小叔带我们去赏雪，还看了梅花。他给我们出了考题，问我们了解多少关于雪和梅的诗词。我只读过"风雨送春归，飞雪迎春到，已是悬崖百丈冰，犹有花枝俏"和"北国风光，千里冰封，万里雪飘"等几首词。"一片两片三四片——"没等小叔说完，我们就叫了起来："这算什么诗啊？""五六七八九十片——""小叔你骗人！小叔你骗人！"我们齐声抗议道。"听我读完哪，"小叔接着说，"千片万片无数片——"我们已失望之极，在小叔最后一句"飞入梅花都不见"戛然而止后，呆了有几秒才清醒过来，赶紧追着让他再吟诵一遍。传说，初到扬州的郑板桥，穷困潦倒，暂住焦山别峰庵时，巧遇马氏兄弟，并与之结下深厚友谊。一日，大雪纷飞，郑板桥前往小玲珑山馆访问二人，正遇一群读书人在赏雪吟诗。他们见郑板桥身着粗布衣，以为他不懂作诗，便故意为难。哪知郑板桥不慌不忙，不动声色地吟出了这首《咏雪》诗。此诗前两句是虚写，后两句是实写，从一至十至千至万至无数，置身于广袤天地大雪纷飞之中，但见一剪寒梅傲立雪中，斗寒吐妍，雪花融入了梅花。原来，一首诗有这么多的学问！小叔说这是课外阅读的好处。我们听完迫切希望自己快些长大。

过完年，我们大了一岁。过了立春，寒假也结束了，我们开始了新学期。经历过冬的洗礼，我的认知进了一步，多读书，读好书，梅花香自苦寒来，成了我追求的目标和奋斗的方向。

原载 2022 年第 5 期《鄞州文学》

记忆中的自行车

我曾经有过几辆自行车。

20世纪80年代初,我毕业后参加工作。这是我的第一份工作,在一家电子工厂,因为曾经做过保密工厂,后来才转为生产民用产品,所以工厂地址离市区有些远。我们上班坐公交2路车沿江东北路到终点站后,还要再走10多分钟才能到厂,那个时候我非常向往能有一辆自行车,可以方便骑车上班。

进厂要先做两年半的学徒,第一年每月工资21元,以后每年递增两三元。我把每月的工资分成三部分,13元交给母亲,作为参加工作后的家用,3元零用,5元购买浙江省有奖贴花储蓄(零存整取)。当时一辆永久牌自行车大约需要160元,我想用两年半学徒工资积攒下来的钱买一辆自行车。

两年半学徒期满后,我升为一级工,月工资有30.8元,我攒的钱够买一辆自行车了。但当时还是计划经济,需要凭票才能买到自行车。

父亲在渔轮厂上班,走路上下班也就10分钟时间。征得父亲同意,他的永久牌二八自行车先让我用。我约好几个同学兼同事，晚上一起到附近的宁波三中操场去学骑车，练了几个晚上，平路会骑了，就是上下车起步和落地有些不稳。接着要上路实操，我跟着教我们骑车的同事，按捺住紧张的心情，推着自行车上马路。我双手紧攥车把，瞅瞅四下没人，左脚踩在踏板上，右脚往地上前后划拉几下，试了几次还是甩不出从后方上车的漂亮弧线，再也顾不得仪表姿态，右脚往前抬高迅速越过三角档，踩上踏脚板，往前踏起来。在摇摇晃晃的起步中，越骑越稳；在人来人往的穿行中，越骑越好；在上下起落的动作中，越骑越熟练。

这就像人生的弧线，要想划得漂亮，需要多历练。

父亲的这辆半新的二八自行车，虽然笨重又有多处锈斑，但我对它爱护有加。我家住在三楼，每层楼住四户人家，楼梯边还有一条长长的、宽宽的走廊。我每天下班到家，扛在肩上，停放在三楼家门口的走廊中，早上上班时再扛下去，每天用毛巾将车身擦得干干净净的，每周还要给钢丝、钢圈上油，让它像新的一样。

20世纪80年代中期，横涨供销社采购到一批飞花牌自行车，在新江桥下的商店里供货。得知车子尺寸刚好适合，我忙去买了一辆，又去相关部门给自行车上牌照。拿着发票却上不了牌照，原因是发票缺了一角，刚好缺在发票号码上，要去店里换开一张。我到了新江桥下，因为自行车供不应求，早已断货，横涨供销社的这个点已经撤了，要到横涨村去补发票。我一口气来回骑了将近30公里，这也是我学会骑车以来最远的一次骑行，但我没觉得累，一方面因为车子是用新型材料制造的，比起全钢材自行车更轻便,另一方面是我正在办一件快乐的事,心情的愉悦削减了身体的疲惫。

后来也换过几辆自行车,车身越来越漂亮,越来越轻便。我用后座书包架送女儿上幼儿园、读培训课程,用前面加装的塑料篮筐装一年四季飘进厨房的美味烟火。

20世纪90年代中期,随着工作变动,工资收入增长,我买来摩托车作为上下班交通工具;城市禁摩后,我换了小轿车驾驶。退休后,城市交通更加便捷,家门口就有地铁、公交,我出行更喜欢步行,或乘坐公交、地铁等公共交通工具,自行车从此与我告别,但它划出的漂亮弧线永远是我记忆深处的美好。

原载2023年4月23日《奉化日报》

念及香樟

江南之地多香樟。

我们都知道，香樟是常绿乔木，自带宽大的树冠，生长健壮，姿态优美，美化了我们的生活空间。香樟全株散发着特有的清香，是城市绿化的优良树种，能庇荫、滤尘、减噪，改善生态环境，因而是城市行道树的首选。

香樟实在太普通了，普通到历代文人墨客吝啬他们的笔墨，留下为数不多的几首诗。宋人舒岳祥的《樟树》："樛枝平地虬龙走，高干半空风雨寒。春来片片流红叶，谁与题诗放下滩。"形象生动地描述了香樟树的高大气势。香樟是多么与众不同！春天，它不与繁花争春，老叶蜕变成红叶后落去，枝头又换上的翠叶，经历夏日烈火般的灼烧后，在秋冬万木萧索时用一身浓浓的绿意，以勃勃生机告慰天地万物。

在乡村，古老的村庄总有一棵或几棵香樟树，它们年代久远，伫立在村头、溪边或中心花园，它们是乡村的根。前不久，我去慈溪方家河头村走访，镇风岭上的古樟，枝干虬曲苍劲，披着间有红叶点缀的一身苍翠，弯腰俯身迎接我。生态公园里的两棵香樟树，也牵手走过了五百多年的风雨，村民爱称为"鸳鸯古樟"。它们老干虬枝，荫浓冠阔，庇荫着古老的村庄。

我所在的城市，遍植平易近人的香樟。它们大多坚守在道路的两旁，披着葳蕤的绿装，以优美的姿态、宽大的树冠与其他灌木、藤本、花卉等，构造了一个多彩的世界，给我们以美的享受。

不仅如此，香樟还有更加实用的价值。在宁波，我们对香樟树情有独钟。

过去，宁波人家嫁女儿，嫁妆里必有一只樟木箱。樟树全株具樟脑香气，做成的樟木箱，不但好闻，最主要是可以防虫蛀。宁波气候湿润，特别是梅雨季节，高档毛料衣物挂在屋里或放在橱柜里，有空气进入就容易受潮，还易被虫蛀咬。樟木箱能隔离潮湿空气，阻断虫蝇进入，其内部体积大，能放置好多贵重的衣服。记得我做姑娘时，父亲早早地给我备好了嫁妆用的樟木板，等到婚事将近，便叫木匠师傅做成箱子。那时条件好的家庭会准备两只樟木箱，有"两相情愿"之意。

说起来，我的樟木箱有些与众不同。20世纪80年代末，我出嫁的时候，流行起新式组合家具，我的婚房要进行整体设计和装修。如果直接把樟木用来当板材使用，做进大橱柜里去，看上去整体是统一了，但橱柜仅靠门吸的作用，其密封程度不高，樟木起不到应有的作用；单独做出来一个大樟木箱又与整套组合家具不协调。我家先生为此在橱柜的下层设计了一个特别大的空间，能容纳这个大家伙。我往里面放置了裘皮大衣、呢衣呢裤、真丝被面和全毛毛线等。后来，随着生活水平的提高，我家换了大房，这个樟木箱就随我们来到了新的组合橱柜中，箱子里面的衣物也悄悄地发生了改变，羊毛衫、羊绒衫替代了全毛毛线，真丝被面也退出了历史舞台……

如今，虽然樟木箱也已不常见了，但人们从不会忘记香樟木的好，利用小樟木的枝枝杈杈，锯出一块块樟木饼来驱除蛀虫。有一年春天，我在江西婺源旅游，从山上下来，见一山民手里持一把小锯，就地兜售樟木饼，地上散落着几根小枝，小枝的开口处散发出樟树特有的悠悠清香，真正的立等可取的原生态。

原载 2023 年 6 月 7 日《鄞州日报》

母亲的遗产

年过耄耋的母亲，终于敌不过疾病的折磨，留下悲伤欲绝的亲人，独自驾鹤西去。

母亲一生节俭，我们自记事起就知道。就拿穿衣来说，在我们家里，老二老四从来穿不上新衣新裤，总是捡老大老三穿小的。四姐妹中排行老二的我到了十四五岁，没有一件拿得出手的好衣服。一条蓝裤子用同色的零头布接上了崭新的裤管，两个膝盖上还打有小补丁，加上屁股后面还有一个大补丁，一条裤子加起来总会有两到三处改造过。为此，曾经的一段时间里，我有些自卑，不愿与同学多接触，特别是一些家庭条件好、穿着光鲜亮丽又能随便花零用钱的同学。后来，我也慢慢接受了这个事实，因为我从小到大学习成绩相当好，获得过很多荣誉，这让我很自豪。

父母亲的工资收入其实不低，像我们父母都是双职工这样的家庭，在当时比大多数家庭收入都高，但母亲节俭惯了，认为好好的衣服只要是干干净净的，有几个补丁很正常，又不影响穿着，况且我们家有四姐妹，还有祖父母要赡养，就不能与孩子少的家庭比较。在母亲潜移默化的影响下，我们姐妹都养成了节俭的优良品德。

母亲有两句话教导我们：一是凡事靠自己，求人不如求己；二是路在嘴巴里。我牢牢记住了母亲的话，生活中大事小事一律亲力亲为，这也让我成为一个凡事都非常有计划、有主见，能独立思考的人，做到自己能解决的问题不去求助别人。"路在嘴巴里"这句话其实有多层意思，比如工作中如果遇到不懂的地方要学会请教别人，开口问不是一件难为情的事。古人说"三人行，必有我师"，有了虚心求教的坦诚和学习态度，才能更好地解决问题。

母亲是一个普通人，她留给我们的遗产有物质上的，但这些精神财富，更让我一辈子受益。物质财富会消耗，精神财富却经久不衰，历久弥新。

原载 2024 年 3 月 27 日《鄞州日报》

我的"乡下头"情结

平日里,每当有空,我总爱往"乡下头"跑。到"乡下头"走走,不仅能呼吸新鲜空气,顺便锻炼身体,还能看到与城市不一样的美。这种习惯的养成,源于多年前参加新闻媒体组织的一次活动。

2015年,宁波市开展"十大最洁美村庄"推选活动,招募热爱乡村的市民观察员若干名,对二十个候选村庄对照要求进行现场走访考核,作为最终推选的参考。

我一直生活在城市,对乡村的一切充满新鲜和好奇。得知消息后,我马上报名。平日喜欢随意写作的我,每当游览乡村,总会把所见所闻写成文字,配上图片,一些文章发表在中国宁波网等网络平台上。我把这个爱好写进报名表,并如愿被聘为市民观察员。

当年下半年,我随宁波日报社"乡下头"工作室的何峰老师、王珏老师首次走访了象山县墙头镇的方家岙村、溪里方村和北仑区春晓街道的慈岙村。走进方家岙村,我被美丽的村落深深吸引了。村里每家每户的庭院种满了花草,农具摆放有序,不仅环境十分整洁,垃圾分类也做得非常超前。村里开设了许多农家乐和民宿,还有保存完好的古桥、古建筑,走在村里有一种进入旅游景区的感觉。溪里方村白墙黛瓦、清溪环绕,村民大多是方孝孺的后人,村里外墙上有许多"二十四孝"宣传图,让人感到浓浓的中华传统文化味道。"以前以为乡村脏乱差,这次走了之后,发现道路通畅、村庄整洁,很多村子都有清澈的溪水,人水和谐。村里建立了长效保洁制度。乡村旅游也很兴旺,洁美并存。"这是我对这次走访的感受,彻底改变了以前我对乡村的认知。

宁波"十大最洁美村庄"推选活动,2015年到2017年共组织了三届,我有幸在这三年随报社老师走访了宁波许多美丽的乡村,在推选现场分享行走村庄的心得,见证"十大最洁美村庄"的诞生。后来,我多次在宁波市"十大魅力乡村"故事展播片中出镜介绍,江北区半浦古村、镇海区九龙湖横溪村和慈溪市方家河头村等,都是我走访多次的村庄。

三年的走访活动,从第一年推选活动中感受到的整洁之美,到第二年推选活动中看到的山水之美,再到第三年推选活动中体会到的农村品质之美、生活之美、风尚之美,我真真切切地喜欢上了"乡下头",我要把自己看到的美丽乡村让更多的人知道。于是,我自觉地对宁波的美丽乡村进行推广。三年里,我在《宁波日报》、中国宁波网、"宁波旅游"公众号、"东钱湖旅游"公众号等平台发表推广文章五十多篇,其中关于塘溪镇的推文《水库、溪流、古桥、老屋……宁波还有这样的休闲好去处》、关于鄞江镇的推文《这个有着唐风遗韵的风情小镇,宁波人都应该去看看》位列2016年"宁波旅游"微信公众号单篇文章点击率前列。

  我跟着报社老师,到宁海参观知豆电动车的新科技产品,到钦寸水库了解宁波市民"大水缸"的建造过程,到奉化南山茶场体验采茶、制茶……"乡下头"特别的体验,已成为我的美好记忆。虽然宁波"十大最洁美村庄"推选活动结束了,但我对乡村的热情不减,我依旧行走在乡村,续写着乡村的美丽。

  愿宁波"乡下头"更精彩。

原载2023年9月22日《鄞州日报》

品读

第五辑

快乐的摄影人（外二篇）

"月湖的银杏黄了，你去拍了没？""四明湖的水杉红了，快去拍啊！""植物园的菊花真是美极了！""我这次去了霞浦，片子拍得还可以吗？"类似这样的话题，经常被我们这些摄影爱好者谈论。

我报读的是鄞州老年大学摄影班，我们班共有学员六十多人，个个都是摄影爱好者。我们的任课老师叫钱峰，凡听过他讲课的人，总会被他上课的风格感染。钱老师课件准备得相当充分，内容丰富翔实，教学图片表现直观，满足了我们初学者对摄影的理解。课件《认识摄影》《摄影的简史》《摄影的力量》等，为我们打开了摄影的大门。从此，我们进入了摄影的世界。钱老师手把手教我们学会相机基本操作，掌握曝光三要素。通过学校组织的外拍实践课，巩固了对焦、测光等摄影技巧。外拍作业点评的实例分析，使同学们快速提高了摄影水平，增加了摄影兴趣。

摄影这门课实践性比较强，不能闭门造车，要将课堂上学到的理论知识运用到实际中去。走出去，多拍拍大自然，拍拍我们身边的人和事。于是，同学们相约一起去庆丰桥拍日出，去老外滩拍夜景。公园里、广场上，总会看到很多熟悉的身影。通过实践、交流、学习、提高，无数次的循环往复，同学们的摄影技术有了长足的进步。

钱老师的《摄影的角度》《光线、色彩的认识》等课程，以及对各类摄影风格深入浅出的讲解，同学们掌握得非常到位，也拍出了很多好的照片。基于书本教学大纲，又不仅仅局限于书本，发散型的思维，不同于常人的视觉和角度，这些技能教学使得钱老师的课堂气氛总是非常热烈。同学们从原来的纯属个人爱好，发展到参与社会公益、提升社会正能量的拍摄活动，也活跃在各大摄影比赛中。

钱老师是省摄影家协会会员，是我们宁波第九届十佳摄影师，现在任我们老年大学的摄影教师。课堂上的他总是毫无保留地传授技能，课堂外的他也乐于助人。经过他的帮助指导，同学们的拍摄水平普遍有显著提高。班上有一些同学取得了不错的成绩，拍摄出了一些高质量的照片。有多人加入了宁波市摄影家协会，有几十幅作品被《新侨艺报》等报纸杂志刊登，并有近二十幅作品在各级的摄影比赛中获奖。

同学们的努力进取来源于兴趣，共同的爱好是快乐的源泉。在老师的指导下，同学之间不断互相交流和学习，真是一群快乐的摄影人。

原载 2018 年 12 月 18 日鄞州老年大学《鄞韵报》

一堂特殊的培训课

今天是一个特别的日子,我们宁波老年大学银辉记者团成立了。我们的记者团由文字记者和摄影记者、摄像记者组成,他们都是我校各个系的在读学员。从今天起,我们多了一个身份——"校园记者"。

学校聘请了原宁波日报报业集团主任桂晓燕担任记者团顾问。在记者团成立仪式的最后,桂老师为我们做了一场关于新闻写作的培训。

什么是新闻?新闻的特点是什么?怎样写新闻导语?新闻的价值是什么?桂老师快人快语,用我们生动活泼的宁波话,生活中耳熟能详的典故,以她深厚的文化底蕴和多年媒体工作经验为我们一一解读,对我们这些从未接触过新闻写作的人来说,无疑是雪中送炭,这堂课真叫人受益匪浅。

接下来的日子,我们将会严格遵守记者团章程,用学到的新闻写作知识来采编校园内发生的大事、要事,弘扬校园正能量,加强校园文化建设,让校园夕阳更红。

原载 2019 年 11 月 19 日"宁波老年大学"公众号

听赵老师讲甬城故事

宁波为什么简称"甬"？何时从明州改为"宁波"？四明三佛地指的是啥？新学期，文学语言系的一门新课——宁波地域文化，就在这样的问题中开始了。

任课的是宁波开放大学的赵淑萍老师，她是宁波著名的作家、文艺评论家，擅长微型小说的创作。她对宁波地域文化及风土人情了解透彻，并植入小说创作中，把宁波故事讲得活色生香，出版了多部散文和小小说作品集。她讲话快人快语，简明扼要，不拖泥带水，在轻松愉悦的氛围中讲述了一个个甬城故事。

开学第一课讲的是宁波重要的人文地标。对于占班级总人数60%、70岁以上、文化程度不高的老年学员来说，喜闻乐见的家门口故事最能引起大家的共鸣：月湖边星罗棋布的藏书楼、旧时镇明岭的堆叠、河姆渡文化的发源、它山堰伟大的水利工程、日湖和东钱湖的宋韵文化等，桩桩件件老底子故事，都在赵老师口中一一道来。

赵老师对教学语言的运用也颇有地方特色。梁山伯祝英台故事的归属地、地方戏《牡丹灯》的情节设置、天一阁古书保护的家规等，赵老师多用普通话表述。讲到动情处，她不时用生动的宁波老话夹叙。这样的表述，带领老年学员们快速进入角色，沉浸在地方文化的浓烈氛围中，课堂里不时响起一阵阵会心的笑声。

项同学说:"听听是蛮好的,生动,知识广。老师能把地域文化知识与文学知识结合起来讲课,深入浅出,通俗易懂,很精彩。有这样的老师为我们授课一年,我们肯定收获满满。"今年报名的新生同学说:"第一次步入老年大学,歪打正着进了赵老师的班级,当然也是喜欢地域文化,现在觉得太幸运了!老师上课生动有趣,由浅入深,才开了个头就被深深吸引,以至于下课铃声响起还不想离开座位,还想继续听课。"班委赵同学说:"老师课上得蛮好的,同学们反映不错。我一直挺喜欢家乡宁波的,听了她的课越加喜欢,还有了深深的自豪感!"

"蛮好的",多么通俗又确切的词语!老年学员到学校上课,不就是图一个"好"吗?甬城故事快乐多,今后的课堂里,赵老师会对理论进行简述,举鲜活的实例展开教学。今年是宁波建城1200周年,相信家门口的风景还会在她的课堂中有更美的呈现。

原载 2021 年 10 月 15 日《宁波老年大学》

我所理解的好文章
——浅谈朱宝珠老师《蹿来蹿去的南瓜藤》一文

我目前就读于文学与写作班，通过这一年来的学习和练习，对散文有了浅薄的理解，在此，我冒昧地谈谈我所理解的好文章。

首先，一篇文章要有好的题目。一篇文章的题目很关键，要能抓人眼球。我经常去乡下游走，蹿来蹿去的南瓜藤见过不少。看到《浪花》第二十期中"往事漫忆"部分的第一篇，朱宝珠老师的这篇《蹿来蹿去的南瓜藤》，我一下子就被吸引住了，心里在想，这篇文章，朱老师会在哪些方面、用怎样的表现手法、有哪些表达呢。

其次，看文章的布局，也就是看结构，看叙事手法。在这篇文章里，朱老师用顺叙的手法进行叙述，随着文章的展开，一个勤劳又热爱生活的老母亲形象在我们面前呈现：她在屋前屋后的零星空地上种了南瓜秧苗，经过精心的侍弄，南瓜秧成活了，长大了，瓜蔓无限向上蔓延，并与邻居家的南瓜藤缠绵在一起，又经历了浇水、施肥等辛苦劳作，老母亲和邻居家的南瓜都结出了果实。用顺叙法的文章会带领读者跟着节奏进入情节，容易引起读者的共鸣，仿佛读者自己在亲历一般。

第三，看文章有没有能吸引人的趣味点。文章要有故事、有趣味点才能让人喜欢读。明里,老母亲家有条南瓜藤越过界线,与邻居家的南瓜藤缠缠绵绵,是意料中的"牛轭南瓜";暗里,邻居家也有南瓜藤偷渡过来,与老母亲家的南瓜藤纠缠,等到"珠胎暗结","酒埕南瓜"才被发现。"带着疑惑围着房子前前后后转了一圈,看了左邻右舍种的南瓜,就一下子明白了。"读到这里,我们不禁会想,这些蹿来蹿去的南瓜该怎样处理呢?文章引导我们进一步往下探个究竟。

第四,看作者驾驭文字的能力。散文是语言艺术,也是生活体现思想性的载体和魅力所在。这篇文章,写作手法娴熟老到,细节描述清晰,展示了作者敏锐的观察力,比如像南瓜开花后要想长大,必须用雄花给雌花"接"过之类的细节,就是专业的知识。用顺叙手法,使故事叙述条理清晰,脉络分明,文章通篇读来,没有华丽的辞藻堆砌,看似平铺直叙的描述,却是一气呵成,把故事讲得有声有色,浑然天成。

最后,看题旨,也就是看立意和思想性,这是最重要的方面。作为文之魂魄,文章为什么要写,作者想要表达什么,思想性又如何,都是我们所关注的。在这篇文章的最后,我们看到邻居挽着老母亲家爬藤过去结出的南瓜,执意要送回来,而老母亲把南瓜一切两半,与邻居共同分享,从中我们看到了友好的邻里关系。

综上所说,《蹿来蹿去的南瓜藤》一文,让我们不仅看到了友好的邻里关系,而且通过老母亲从自己劳动中得到快乐、分享快乐,看到了满满的正能量,我认为这真是一篇好文章。

写于2019年9月

浅酌唐诗

小时候，喜欢读李白的诗，"床前明月光，疑是地上霜。举头望明月，低头思故乡"，却不明就里。如今，经历过岁月洗礼的我，再来重读这首脍炙人口的唐诗时，就有了更多的感受。

唐诗是中华文化的瑰宝，千年传诵，代代传承。它充满无尽魅力，不仅被文人传唱，也走进日常百姓的生活，至今仍然鲜活而生机盎然。

退休后的我有了大把的时间，就在老年大学学习起唐诗欣赏来。所谓"欣赏"，就是通过对诗词作品中语言表象的准确理解和把握，深刻领略其中的情趣韵味，并充分享受这个过程中的审美愉悦，从而达到人格、情操的陶冶。而具体到唐诗欣赏的每一步，又有不同的要求。首先要读懂作品中字句的确切含义。比如，《静夜思》中的"床"，就有六种解读，分别是井台、井栏、窗的通假字、坐卧的器具、胡床，而其中"井栏"的解析更为确切些，这首诗表达了诗人在月夜的井栏边踱步时浓浓的思乡之情。

其次，从诗的意境中去体味人生。我们的人生已经经历了半个世纪，读着唐诗很容易有代入感。我们诵读李白的"床前明月光，疑是地上霜"便回忆起自己快乐的童年，更加思念远去的故乡。我们沉醉在张若虚《春江花月夜》的美妙意境中，似乎回到了美好的青春年代。我们在陈子昂"前不见古人，后不见来者"中回味曾经有过的孤独时光，更加珍惜当下。我们时常在山林中休闲旅游，最能体验到王维"明月松间照，清泉石上流"的意境，感叹美丽乡村层出不穷。如今，我们国家的交通发达，网络信息传输迅捷，四海之内的知己朋友，即使远在天边，也感觉就在身边，是所谓"海内存知己，天涯若比邻"之新解。

再者，唐诗需要反复吟诵才能感受到诗歌语言的音乐美。唐代的格律诗要求字数、句数固定，句式整齐，平仄相间或相对，并要求押韵，抑扬顿挫，读起来朗朗上口，如王之涣的"白日依山尽，黄河入海流。欲穷千里目，更上一层楼"。一首好的诗歌，有韵味，还要有趣味，能让读者在欣赏的过程中尽情发挥合理的想象，同时欣赏者也需要具备较高的文学素养，所谓"操千曲而后晓声，观千剑而后识器"，文学素养的不足有时让人不能完全领略诗歌的魅力。

唐诗是一种文化，是中华民族珍贵的文化遗产，是中华文化宝库中璀璨的明珠；唐诗还是一杯美酒，可以浅酌，可以畅饮。岁月如此美好，不如手持一卷，浅酌慢饮，如此甚好。

原载2019年12月20日《鄞州日报》

心语二三

鱼之乐

庄子与惠施在濠水的桥上游玩。庄子说："鲦鱼在河水中游得多么悠闲自得，这是鱼的快乐啊。"惠施说："你不是鱼，怎么知道鱼的快乐？"庄子说："你不是我，怎么知道我不知道鱼的快乐？"

鱼与水是密不可分的，水给了鱼以十分的快乐。人类也一样，总会寻找适宜自己生活的环境，并开展快乐的活动。

自从退休后，我有了大把的空余时间，就喜欢到处走走。特别是喜欢没有人为雕琢的自然山水和原始风光——这是我的"鱼之乐"。

海天一色

我每年都会去海岛游玩，尤其是在夏天。

有一年，我坐船去东极岛玩。那天，万里无云，天空湛蓝如洗，船驶离码头越开越远。站在甲板上看海，海浪由低到高，越来越急，海水最初是混浊的黄泥浆色，像是刚从搅拌机里流出来的混合物；随着航船向海洋深处的加速度，大陆架渐渐远离，海水渐渐地变成悬浊状，像是由过滤器分离出无穷的黄色细小颗粒，游离在海面；行至东福山岛，海水已是至清至碧，船靠岸后，环绕在船四周的浪花泡沫一并散去，一切变得透明澄碧。倘若定神，一眼能看见碧水里游动的鱼儿，不经意间，海平面早成了一条线，在远方若隐若现，根本搞不清这一望无际的蓝，究竟是海的蓝还是天的蓝。

我是真真切切地感受到了这海天一色。

坏天气

由摄影的话题引起。

摄影是用光作画，有了光影，一幅作品就有了层次，有了明暗对比，有了艺术的风格。阴天光线非常柔和，景物和人物都不会出现明显的阴影和强光。没有光影的天气可以去找色彩，彩色摄影向来就是色彩的定格，色彩的展示。雨天也不错，若是大雨，用高速快门定格雨滴落地，水花四溅欢快的影像；若是微雨，近处草木上晶莹的露珠，远方建筑或桥梁若隐若现在空蒙天色中，更是充满诗情画意的景象；若是遇上溪水，那就更幸运了，用慢快门来拍摄，雾化的溪水总是自带缥缈仙气，令人遐想。

摄影班上外拍课，要组织同学去野外练习拍摄。有人说，没时间去不了；也有人更在乎天气，一定要有太阳才会参加。我想说，天气没有好坏，有太阳当然是最好，而阴天、雨天练习拍摄，能看到平时不常见的自然现象。不要顾虑哪个时段拍摄的光线条件更好，换一种角度和想法，拍摄出的作品也是能出彩的。

雅量

一直以为，雅量是指人宽宏的气量，一般用在名人绅士上。

古时，讲究名士风度，要求注意行为举止的旷达、潇洒，强调七情六欲都不能在神情态度上流露出来。不管内心活动如何，只能深藏不露，表现出来的应是宽容、平和、若无其事。就是说，见喜不喜，临危不惧，处变不惊，遇事不改常态，这才不失名士风流。

台湾女作家宋晶宜的散文《雅量》，是从一件衣料说开的。她说朋友买了一块绿色底子带白色方格的衣料，给大家看时，爱好围棋的说像棋盘，爱好美食的说像绿豆糕，而她感觉像稿子。其实不管这块衣料像什么，好不好看，布店里任何质地和花色的布，都会有人欣赏。这就像情人眼里出西施一样，是与每个人的性格与生活环境有关。人总会去寻求自己喜欢的事物，每个人的欣赏观点不尽相同，并没有什么关系，重要的是人与人之间应该有彼此容忍和尊重对方的看法与观点的雅量。

枫叶

小时候，姐姐给我一片小手掌心大的褚红色的干树叶，是锯齿形的五个叶片连成，短短的一根柄连在最小的两片叶子底部，整片叶子好似以柄为轴对称一般，叶片中的纹脉清晰，从每片叶的底部向上射出。我一下子就喜欢上了这片叶，把它放进书里作为书签。

但终究还是舍不得每天把它拿进取出的，怕一不小心损坏了，于是找了一本不常看的书，把它收藏在中间，隔三岔五地翻开来看看。我知道了它来自枫树，是秋天的风带来的。

　　后来读到一首诗："远上寒山石径斜，白云生处有人家。停车坐爱枫林晚，霜叶红于二月花。"春夏季节的枫树，树叶是绿色的，到了秋天，经秋风一吹，叶子就慢慢地开始变色。直到深秋，经寒霜之后变成了红色，所以诗人说那被霜打过的枫叶比二月的花儿还要红。

　　再后来，我关注起了赞美枫叶的诗。

写于2019年12月

物华四五

池杉的风华

四明湖，是位于余姚的人工湖，它是余姚最大的水库。湖面面积近 20 平方公里，足足有两个西湖那么大。湖水汇集四明山七十二峰的溪流、泉水、瀑布，是附近周边大多数人口的生存之源，滋养着余姚西北 30 万亩良田。

四明湖虽为水库，却有着空灵明秀的美。四面青山环绕中，大小岛屿点缀其间。每到秋季，北岸的池杉林，是人间至美之地。

池杉树喜光，喜温暖多湿气候，出落水中或湿地。树干高大通直，树姿端庄秀丽，叶色翠绿，每到秋天，树叶颜色由绿变黄再变为褐红，是优良的观赏秋色叶树种。

摄影人从来都不会错过季节的色彩，池杉林的晨光和夕照是相机捕捉光影的最佳时段。我曾跟随摄影团队，有过在凌晨三四点钟出发拍摄日出，以及下午三四点钟拍摄夕阳的体验。

到达池杉林时，天色黑漆漆的，周遭静谧，我们架好三脚架，守候在湖边，等候日头慢慢地升起。

天边慢慢地有了一丝红晕,翳云也慢慢地散开,一轮红日将要喷薄而出。晨色醉人的池杉林,倒影在湖的微波中抖动着袅娜的身姿,时而叶子如羽毛般轻盈吹落,叩出烟波中的万般风情。许是不经意惊动了觅食的白鹭,撩拨起湖波涟涟。远处湖中散落的岛屿,在澄碧的湖水氤氲中,如诗如画。逆着湖光,远岛、孤舟、飞鸟、近树,剪成影,似一卷晕染洒脱的山水画,又似仙侠传说里的逍遥仙城。

摄影人同样喜欢晚霞映照下的池杉林,他们轻缓碎步走在这厚厚落叶铺就的地毯上,阳光在树林中跳跃,到处是光与树的映像融成的火红,人行其中亦成为风景中的点缀,偶尔有微风掠过,飘落下轻盈的羽叶,轻吻你的发丝,或是在对人们细语,"轻些,再轻些",唯恐惊动这静谧的美。这满目浓烈的色彩啊!恰如凡·高的风景油画,唯有相机让一切渲染定格为永恒。

湖边的烟雨诗话

如果没有体会过东钱湖边人家的生活,那算不上真正到过东钱湖。

旧时,东钱湖畔拥有两个"市":一个是东钱湖南的"韩岭市",另一个便是东钱湖北的"堰头市",也就是莫枝。

莫枝不但有街,而且有东西两条,这两条街八字桥下沿河或直或曲,南北走向有一里余。

东街与西街再次相交的地方是一处湖堰。这是东钱湖众多湖堰中的其中一个。

东钱湖的湖堰很有地方特色,堰面砌成人字屋脊形,既可以拦水又方便通船。湖堰旁均有操纵湖水的闸门。湖堰平时堵湖水通船只，遇到了洪水则溢洪泄水。

过了东街进入到莫枝村里，一条曲曲折折的小巷把村舍分成两排。沿湖的村舍总是几户人家组合连在一起并排建造的，依水而居，前门是小巷，后门见湖水。

狗是家庭成员之一，你若来访，得先经过它的同意。鸭群戏水在湖中，渔人烟雨里面寻鱼踪。小雨润如酥，船泊自家屋，最是水乡景，唯美胜姑苏。那些人家坐享水中绿洲，湖中雾气蒸腾，在我看来疑是蓬莱仙境。捕捞上来的渔获，遇上好的天气必定是会晒成鱼干。这里的青鱼干最是名声在外了。来一盆油炸湖鱼，再加上炒螺蛳，就着小酒，不失为美餐一顿。或独处，或邀三五好友，窗外的斜风细雨都是最好的陪伴。

"西塞山前白鹭飞，桃花流水鳜鱼肥。青箬笠，绿蓑衣，斜风细雨不须归。"走在莫枝青石板铺就的小巷里，不知是否会遇见那撑油纸伞的姑娘。当我徜徉在斜风细雨的湖边，撑着手中的小花伞，我也是湖边人家的烟雨诗话。

鸣鹤古镇

鸣鹤古镇位于慈溪观海卫镇，是三北一带的古老集镇之一，始建于唐开元年间，迄今已有1200多年的历史，是省级历史文化名镇，具有典型的江南古镇风貌。

和国内其他古镇依河而建不同，鸣鹤古镇依白洋湖而建，并紧邻五磊山风景区，是名副其实的山水古镇。整个古镇并不是很大，一条河流由西向东流经全镇，河上横跨着明代时期建造精美的古桥七座，沿河建有江南水乡的特色住宅。

　　这些徽派的古宅院多为豪宅，据传这些豪宅都是鸣鹤叶氏经营国药业发家致富后所建。盐仓走马楼是我国南方四合院群体中很有特色的古建筑。沈氏旧宅堂内依然保存着子孙中举的捷报。这些豪宅下面的墙基均是大条石，满目错落有致的马头墙高高耸立，精心雕琢的石格子窗，砖面上细小的纹路记录着历史的痕迹。国医馆、彭公祠、小五房、银号客栈……古镇的每一处都有着历史的故事传说。

　　弯弯的巷子里分布着一些小店铺，大多卖的是当地的特产，像水塔糕、冻蒲等，最受欢迎的首推"老鼠糖球"了，这家名为"沈食轩"的店，据传在镇上已开了三十多年。沈氏老鼠糖球采用松花糯米粉加上麦芽糖和白芝麻加工而成，其色泽金黄，口感香糯，甜而不腻。因为名声在外，吸引了浙江卫视等媒体前来拍摄纪录片。前些年大作家冯骥才回故乡，还特意来尝过。

　　古镇内也有向游客开放的旅店，是将旧时的古宅改造而建，宅内装修得古朴典雅。也有好几家茶馆，走到门口，总会被飘出的清茶香吸引。步入其中，几张小桌椅上，早有悠闲的游客在品尝香茗。

　　古人青梅煮酒论英雄，今朝品茗聊人生。若是一个人，也可品上一壶好龙井，捧上一卷好书，无论艳阳还是烟雨天，大可沉溺在古镇幽静的"小桥流水人家"的时光中。

卡帕多西亚的石头和热气球

　　我经常去国外旅游，记得有一年是去土耳其。那是四月下旬土耳其旅游的最佳季节,位于土耳其中部的卡帕多西亚地区,就是我看石头和乘坐热气球的地方。

卡帕多西亚,是世界上最壮观的"风化区",其源于大约三百万年前的火山爆发,熔岩及火山灰覆盖该地,后经长期风化侵蚀,成为现在的特殊地形。所到之处,目之所及,尽是被"吹残"的天然石雕,大自然的力量锻造出千姿百态的石头,各种稀奇古怪的造型,构成世上独一无二的神奇景观,它独特的喀斯特地貌与月球表面类似,正是美国科幻大片《星球大战》的取景地。来到这里,直感叹大自然的鬼斧神工。

在古罗密的天然博物馆,我近距离接触到这些奇石。这里最大的特点是平地上有着许多形状奇特的小山峰拔地而起,有的是圆锥形,有的则是圆柱形和蘑菇形,有的像是头上戴了顶帽子,千奇百怪。经过十多个世纪的风化和天然侵蚀,卡帕多西亚形成了非常显著的笋状石柱和烟囱状的石岩,并环绕着古老的村庄和一系列山脉,蔚为壮观。我久久驻足,不禁自问,历史长河里人类仅是匆匆过客,往事如过眼云烟,如何在自己有限的生命中留下一些有意义的东西,值得人深思。

卡帕多西亚地区是目前世界上最适合飞热气球的几个地方之一。到了这里,乘坐热气球体验必不可少。热气球的原型据传最早由三国时期诸葛亮发明,当年诸葛亮被司马懿围困,无法派兵出城求救。他算准风向,制作纸灯笼,系上求救的讯息,其后果然脱险,于是后世就称这种灯笼为"孔明灯"。后来陆续用在了军事上,欧洲人据此发明了热气球。在欧美国家,热气球是一项热门运动。在土耳其,热气球体验最为炙手可热。

热气球体验活动是靠天吃饭，它是用热空气作为浮升气体的气球，在气囊底部有供冷空气加热用的大开口和吊篮（人乘坐于此），没有人为操纵系统，升空后依赖风力推动，因此对风力的要求相对较高。当地导游告诉我们，必须保证在四级至八级之间的风力，如多一级风力或会产生危险。我们到达卡帕多西亚后，目睹二百只巨大的七彩热气球飘浮在月球表面般的神奇地貌上空，场面非常壮观。我想象着，凌驾于上，俯瞰大地上如蚁的生物和石林岩洞，应该会产生对自然的征服感，对热气球体验充满了期待。

晚上安顿下来后，我比以往日子更加关心气象，心中默默祈祷第二天一早具备飞行的条件。无奈天公不作美，没有达到足够的风力，我们起早坐等几小时，只能望天兴叹，留下遗憾。

生活中，总会有各种各样的小遗憾。虽然没能乘坐热气球遨游天空，但不正是这些小遗憾，让我们对未来抱有期待吗？

写于 2020 年 5 月

爱上《诗经》

《诗经》是我国最早的一部诗歌总集，是我国古代人民智慧和经验的结晶。相传《诗经》由孔子编订，有"诗三百，孔子皆弦歌之"一说。

其实，读《诗经》是早就有的想法，只是一直没有付诸行动。居家期间，我有心计划完整诵读，从网上购买了参考教材开始学习。

这本《诗经全编全赏》分为"风""雅""颂"三部分内容，每首诗后面都有注释和赏析，一些生僻字的读音和词义，有了注释，我不用再去查字典和相关书籍，为我自学带来很大方便。

我选读其中的"风"部分。"风"选取了十五个地方一百六十首有关百姓生活、婚丧嫁娶等民风的民歌，纯朴真挚，生趣盎然。我列出计划表，每天学一首，然后把前一天学过的进行复习，这样持续了两三个月。每当我在诵读时，尽管没有像古人那样有七弦古琴相配，但往往读着读着节奏自然就来了。

诵读和学习的过程是十分愉悦的，我的收获大致归纳有以下几方面：

一是学到了以情入景、以景写情的现实主义的写作手法。《诗经》有很多描写"可见而不可求"的爱情诗篇,如《关雎》的热烈直白,《蒹葭》的缥缈迷离,《汉广》中反复吟诵的"汉之广矣,不可泳思。江之永矣,不可方思"这四句,用语极为贴切,又平和写实。

二是看到了许多浪漫美好。《静女》把抽象的男女情感具体化,《鸡鸣》诗中从头到尾都洋溢着一对平凡夫妻间的浪漫,《野有蔓草》中有"邂逅相遇,适我愿兮",特别是《伯兮》中那句"自伯之东,首如飞蓬。岂无膏沐?谁适为容",说一个妻子在丈夫出征后,头发乱如飞蓬,并不是没有润发的油脂,而是没有人如她的丈夫那样,值得为他修饰容颜。可歌可咏,读来如饮甘泉。

三是感受到了无处不在的音乐节奏和艺术美感。诗经多为四言诗,重章叠句,回环复沓,如《樛木》《风雨》等章章复沓、反复吟咏,一唱三叹,使全诗具有丰富的艺术韵味。《蒹葭》不但用水、芦苇、霜、露等自然事物烘托出一种清凉、朦胧的意境,而且叠唱的效果加深了诗的意旨,让人进入一种女人和水组合而成的幻美境界。

四是知道了有许多熟悉优美的词语和成语都来自《诗经》。"邂逅"出自《野有蔓草》。《有女同车》中对于美女摹形传神的描写,对后世影响很大,清姚际恒《诗经通论》指出宋玉《神女赋》"婉若游龙乘云翔"、曹植《洛神赋》"翩如惊鸿""若将飞而未翔"等句,皆发源于此。我通过学习《木瓜》表述的互赠礼仪,领会成语"投桃报李""投木报琼"的含义。读到《汉广》开头四句,联想到牛郎织女的传说,惊讶于《古诗十九首》中的

"盈盈一水间，脉脉不得语"原来是脱胎于此。

五是《诗经》中大量运用的"赋比兴"手法，看似信手拈来，却精妙绝伦。尤其是"以彼物比此物"，比如《氓》用桑树从繁茂到凋落的变化，比喻爱情的盛衰；《硕人》用"荑"喻美人之手、"凝脂"喻美人之肤、"瓠犀"喻美人之齿，读来唇齿留香，回味无穷，让人欢喜悠然。

孔子曰诗"多识于鸟兽草木之名"，有人仔细统计了《诗经》中的草木鸟兽虫鱼的数量。国风开篇第一首《关雎》，"关关"鸣和的雎鸠鸟，相互依偎在河的碧洲。从它的叫声中带出一个温婉美丽的情思故事。《樛木》借弯曲的树木和攀爬而上的葛藟，来喻指君子的福禄快乐。《何彼秾矣》中"鱼"从古至今都与"多子多孙""爱情美满""连年丰收"等含义紧密相连。闻一多先生曾说，"钓鱼""吃鱼"是《诗经》中恋爱、婚姻的隐语。其实，这些鸟兽草木只是赋、比、兴的喻体而已。我们的先人，想象力极其发达，他们用这些喻体，隐晦曲折地表达自己丰沛的情感。

"诗三百，一言以蔽之，思无邪。""思无邪"，我觉得说出了诗之本质，真性情。《诗经》作为中国文学重要的源头，不知涵养了多少人的思想。它虽然是离我们最久远的文学经典，但也是离人性最近的，情动于中，言发于外，满目的率真和清朗之气。它又是一部博大无比的百科全书，其独有的文化供给我们的精神食粮和美学体验，令人百学不厌，直教人爱上。

原载 2022 年 3 月 17 日《鄞州日报》

闲聊茶事

开门七件事,"柴米油盐酱醋茶",茶是人们生活中的必需品。

中国的茶文化源远流长,早在唐朝,就有文字记载。唐代陆羽《茶经》中说:"茶之为饮,发乎神农氏。"《神农本草经》记载"神农尝百草,一日遇七十二毒,得茶(茶)而解之"。《神农食经》也有记载"茶茗久服,令人有力悦志"。自唐朝茶文化形成起,茶的饮用越来越普遍,文人雅士嗜茶众多,留下了很多诗词歌赋。"食罢一觉睡,起来两瓯茶。举头看日影,已复西南斜。乐人惜日促,忧人厌年赊。无忧无乐者,长短任生涯。"这是白居易对岁月、对人生心态的解读。"青灯耿窗户,设茗听雪落。"油灯里火苗闪烁,陆游静静地注视窗外,沏一盏清茶听雪花飘落的声音。"寒夜客来茶当酒,竹炉汤沸火初红。寻常一样窗前月,才有梅花便不同。"这首《寒夜》是南宋诗人杜耒创作的一首清新淡雅而又韵味无穷的友情诗。客人寒夜来访,一壶香茗饱含情谊,窗前寒梅别有一番韵味,为饮茶锦上添花,让人回味无穷。

茶在我国有着独特的地位，影响着国人的生活与文化。

从明代开始，人们烹茶方式从原先的熬煮茶汤变成了只将沸水冲入干制的茶叶以得茶汤。茶叶冲以煮沸的清水，顺乎自然，清饮雅尝，寻求茶的固有之味，重在意境。讲究一点儿的，同样质量的茶叶，用水不同、茶具不同或冲泡技术不一，泡出的茶汤会有不同的效果。汪曾祺先生在杭州虎跑喝过一杯龙井好茶。"真正的狮峰龙井雨前新芽，每蕾皆一旗一枪，泡在玻璃杯里，茶叶皆直立不倒，载浮载沉，茶色颇淡，但入口香浓，直透脏腑，真是好茶……但不得虎跑水不可能有这样的味道。"喝一壶好茶得这样：乘热细啜，先嗅其香，后尝其味，边啜边嗅，浅斟细饮。饮量虽不多，但能齿颊留香，心旷神怡，别有情趣。

有茶便有茶食，就如红花与绿叶相配，茶与茶点也是不可分割的一对。在品茗之际，边饮边吃，好不自在惬意。汪曾祺先生在《寻常茶话》里这样说他最爱的茶点之一——干丝："我的家乡有'喝早茶'的习惯，或者叫作'上茶馆'。上茶馆其实是吃点心，包子、蒸饺、烧卖、千层糕……茶自然是要喝的。在点心未端来之前，先上一碗干丝。我们那里原先没有煮干丝，只有烫干丝。干丝在一个敞口的碗里堆成塔状，临吃，堂倌把装在一个茶杯里的作料——酱油、醋、麻油浇入。喝热茶、吃干丝，一绝！"说到宁波的茶食，便要先讲一下老底子宁波人的待客之道，客人到来，先沏上一壶好茶，再递上精致的茶点，传统的有云片糕、洋钱饼、苔生片等。时下，人们喜欢到茶馆里品茶聊天，一壶清茶配上几碟脱水的小时蔬、炒制的干果等小巧精致的茶食。

说到底，斟茶还是有讲究的，"酒要满茶要浅"。因为茶是用开水冲泡的，滚烫的茶汤如果斟满了杯，不仅会溢出来，在主人与客人敬茶和接茶时容易烫伤手，破坏宾主间融洽的气氛，而且不能直接饮用，还需吹凉一点儿才好品饮。若不斟满，吹起来和喝起来自然方便了许多。"七分茶三分情"，倒茶只要斟到七分满即可，看似简单，其中蕴含了一些大道理。

我想，人生好像是一盏茶汤，需浅尝慢饮，小口小口地去啜、去呷，去体味、去感受。泡开七分情怀，绽放灿烂的理想，留出三分空间，安置礼、义、情、趣，和着岁月细细品味，清香方能悠远。

写于2022年4月

阅读就像阳光

我喜欢阅读。

20世纪70年代末,我高中毕业。喜欢文学的我,在整个学生时代,大多是利用暑寒假时间阅读中外小说名著,经济不宽裕,都是借书看。父亲厂里的图书馆是我经常光顾的地方,每每借到喜欢的书,回家总迫不及待地阅读,吃饭也没心思,晚上就着一盏小台灯,几十万字的一本小说,花几个晚上就读完了。我通过阅读《红岩》,看到无数优秀的共产党员,在至暗时刻,为了新中国,抛头颅洒热血,与敌人顽强斗争,心中充满了对他们的崇敬之情。在《钢铁是怎样炼成的》这本书中,我看到小说通过保尔·柯察金的成长道路告诉我们,一个人只有在把自己的追求和祖国、人民的利益联系在一起的时候,才能于艰难困苦中战胜敌人,也战胜自己。

参加工作后,经济条件好转。业余时间,我在提高学历的同时,从未停止过阅读。我喜欢阅读历史上伟大人物的故事传记,从中获取自己积极向上的动力;因为从事的是财务金融工作,我从梁凤仪的财经系列小说中看到自己熟悉的影子,感叹她驾驭文字的能力；喜欢阅读推理侦破小说，前有英国作家柯南·道尔笔下的福尔摩斯探案，后有日本作家东野圭吾的推理系列，充满对现实社会问题的反映与思考以及对人性的挖掘与反思。我对阅读乐此不疲，阅读不仅使我感受到文学语言的魅力，还增长了知识，开阔了眼界，让人不出门便能感知万物。我喜欢买书，一方面我可以不赶时间慢慢地精读，有时会复读，另外在书中读到认为重要的地方还可以做记号、画红线以便今后查找。书中一些名人名句我会摘录在笔记本上，只是学生阶段的几本，在后来搬家中遗失，成为遗憾。

退休后，我喜欢上了散文和诗词，买来了唐诗宋词读本和《诗经》，很多名家散文著作，还爱上了写作。这些散文中，我最喜欢读汪曾祺和琦君的散文。

我们的四方食事是从充满烟火气的菜市场开始的。汪曾祺在《家人闲坐，灯火可亲》中写道："有人爱逛百货公司，有人爱逛书店，我宁可去逛逛菜市。看看生鸡活鸭、鲜鱼水菜、碧绿的黄瓜、通红的辣椒，热热闹闹，挨挨挤挤，让人感到一种生之乐趣。"汪曾祺的文字，无论是写草木蔬果、花鸟虫鱼，还是记凡人小事、乡情民俗等，都是于烟火气中满溢着文人的雅趣和情调。

琦君在感怀文章《长风不断任吹衣》中回忆，她的语文老师说："如遇到一本你心爱的书，就好比书中人会伸出手来和你相握。古人说的'书中自有颜如玉'其实就是这个意思。""诗词是文学的、哲学的，也是艺术的、音乐的。多读诗词，可以净化人生，驱除烦恼。也就是朱晦庵先生'半亩方塘一鉴开，天光云影共徘徊'的境界,此心之所以能清如水,就因有源头活水,而源头活水,就是日新又新的学问知识。"琦君以乡情、人情、物情为书写主题,她的文章触动人心,引人回味。

有人说,如果有十分时间,六分用来读书,三分生活,一分写作。池莉说,如果把生活比喻为创作的意境,那么阅读就像阳光。要做一个心里有阳光的人,就让我们读书吧,唯有书可解惑,唯有书可致远,"莫道桑榆晚,为霞尚满天"。

原载2022年5月4日《鄞州日报》

品味宋词

人要有一份爱好。"一定要爱着点什么，恰似草木对光阴的钟情。"我喜欢读宋词，探究词牌里的故事，时常能感受到宋词的美好。

我们知道，词，又称"曲子词""长短句"，是从唐代配合当时的音乐而新兴的歌词发展而来。原是为乐曲（燕乐）配唱的，后来逐渐脱离乐曲而成为独立的文体，在宋时其文学造就达到顶峰。作为诗歌的一种变体，词虽没有整齐划一的句式，但它也有格律，也要求押韵。每首词最初都有与其相配合的乐调，称为词调，每一词调都有一个或几个名称，即词牌，不同的词牌有一定的句式和字数规定，但就其长短不一的句子来看，显然是比诗更加易于内心情感的宣泄，能言诗之所不能言。宋人按词牌填词，把自己的情感放入词中，而每一个词牌背后都有着一段历史或一个故事，或慷慨激昂，或柔情如蜜，让人领略各种滋味。

"美人赠我锦绣缎，何以报之青玉案。"东汉末年张衡的《四愁诗》以情诗的形式，寄托了自己的政治抱负，以抒发忧国忧民的情怀。基于此，取自《四愁诗》的"青玉案"成为词牌名。在后人的创作之中,所传达的情感以激越豪壮者为少,大多传达绵长悠远、温婉悲凉的情思,通过格律声韵的组合转化,情感的传达更加迂回曲折。辛弃疾在《青玉案·元夕》中最后一句"众里寻他千百度,蓦然回首,那人却在,灯火阑珊处",以冷清作结,有一种无比惆怅,孤芳自赏之感。

"云想衣裳花想容,春风拂槛露华浓。若非群玉山头见,会向瑶台月下逢。""一枝红艳露凝香,云雨巫山枉断肠。借问汉宫谁得似,可怜飞燕倚新妆。""名花倾国两相欢,长得君王带笑看。解释春风无限恨,沉香亭北倚阑干。"诗仙李白这著名的《清平调词三首》,从大唐一直令人醉到了现在。"清平乐"词牌的来历,历来说法不一,但从字面上来看,它都给人以盛世太平之感,观其内容,也多是歌颂美好生活、节奏轻快活泼的,如辛弃疾的《清平乐·村居》:"茅檐低小,溪上青青草。醉里吴音相媚好,白发谁家翁媪?大儿锄豆溪东,中儿正织鸡笼。最喜小儿亡赖,溪头卧剥莲蓬。"当为历代运用"清平乐"词牌创作之冠。草屋的茅檐又低又小,溪边长满了碧绿的青草。含有醉意的吴地方言,听起来亲切悦耳,那满头白发的是谁家的老人?大儿担负着溪东豆地里锄草的重担,二儿在家里正忙于编织鸡笼。最喜不懂世事的小儿子,只知任意地调皮玩耍,趴在溪边剥莲蓬吃。这首词,作者以白描手法对农村清新秀丽、朴素雅静的环境进行描写,刻画了翁媪及其三子的形象,摹写了一家五口在乡村的生活情态,表现出生活之美和人情之美,以及词人对田园安宁、平静生活的羡慕与向往,呈现出一种清新温馨的风格。

我国民间四大传说故事中,尤以牛郎织女一年一度鹊桥相会的典故最为凄美感人。汉末应劭《风俗通义》中已有记载："织女七夕渡河，使鹊为桥。"自《古诗十九首》"迢迢牵牛星，皎皎河汉女"的描写以来，各代诗人都咏入篇什。遂取为曲名，以咏牛郎织女相会事。"纤云弄巧，飞星传恨，银汉迢迢暗度。金风玉露一相逢，便胜却人间无数。柔情似水，佳期如梦，忍顾鹊桥归路。两情若是久长时，又岂在朝朝暮暮。"这是秦观的《鹊桥仙·纤云弄巧》，这首词借牛郎织女悲欢离合的神话故事，讴歌了真挚、细腻、纯洁、坚贞的爱情。此词用情深挚，立意高远，语言优美，议论自由流畅，通俗易懂，却又显得婉约蕴藉，余味无穷，尤其是结尾那句"两情若是久长时，又岂在、朝朝暮暮"，告诉我们，爱情已至死不渝，天荒地老，又何必贪求卿卿我我的朝欢暮乐？此句一出，词的思想境界陡然升华，终成千古佳句。

还有很多词牌，从字面看上去或浅显、或含蓄、或诗意、或激昂，词牌的故事或唯美感伤，或趣味横生，如《渔歌子》来自打鱼，《浣溪沙》与西施浣纱有关，《虞美人》原是指西楚霸王之虞姬，《满江红》里藏着战斗号角，等等。余生流年，我愿继续用这份喜欢去探究，在优美的宋词中慢慢品味，谱写属于我自己的《清平乐》。

  曲子词里，铺陈红尘调。
  词让人生多美好，余生流年诵道。
  几行长短妙句，却是满纸抒情。
  品味宋韵流长，还及词牌小令。

原载 2022 年 6 月 21 日《鄞州日报》

闲读宋诗

"半醒半醉问诸黎,竹刺藤梢步步迷。但寻牛矢觅归路,家在牛栏西复西。"苏轼的这首小诗所写题材,是一件日常逸事,但诗写得非常有趣,既诙谐幽默又乐观向上。

纵观历史,宋朝是我国历史上文化最精致、最绚烂、最成熟的年代,都会的繁华富饶、物产的阜盛华贵、文学艺术的绮丽华美,皆令人怀想至今。宋诗"取材广而命意新",内容有情趣、有意趣、有理趣,今日读来仍活色生香,别有风雅。

宋诗是情趣盎然的。"泉眼无声惜细流,树阴照水爱晴柔。小荷才露尖尖角,早有蜻蜓立上头。"一代诗宗杨万里一生作诗两万多首,传世作品有四千二百首。他的这首《小池》,是脍炙人口的七言绝句。在诗中,他运用丰富、新颖的想象和拟人的手法,细腻地描写了小池周边自然景物的特征和变化,表现了诗人对大自然景物的热爱之情。开头两句,把读者带入了一个小巧精致、柔和宜人的境界之中。一道细流缓缓从泉眼中流出,没有一点儿声音,这本来很寻常,然而作者却凭空加一"惜"字,化无情为有情,仿佛泉眼是因为爱惜涓滴,才让它无声地缓缓流淌,这句诗立刻灵动起来，变得有情有趣，富有人性。一个泉眼、一道细流、一池树阴、几片小小的荷叶、一只小小的蜻蜓，这些亲密和谐的大自然万物构成了一幅生动的小池风物图。

宋诗的意趣横生。范成大用清新的笔调，渲染出农村初夏时的紧张劳动气氛："昼出耘田夜绩麻，村庄儿女各当家。童孙未解供耕织，也傍桑阴学种瓜。"杨万里在《夏夜追凉》中写道："夜热依然午热同，开门小立月明中。竹深树密虫鸣处，时有微凉不是风。"撇开了暑热难耐的感受，而仅就"追凉"着墨，以淡淡的几笔，勾勒出一幅夏夜追凉图：皎洁的月光，浓密的树荫，婆娑的竹林，悦耳的虫吟，还有诗人悄然伫立的身影。诗人置身其间，凉意顿生，于是有"时有微凉不是风"这一真切、细微的体验。"不是风"，点明所谓凉意，不过是夜深气清，静中生凉而已，并非夜风送爽。范成大《六月七日夜起坐殿庑取凉》诗亦云："风从何处来？殿阁微凉生。桂旗俨不动，藻井森上征。"虽设问风从何处来，但既然桂旗不动，可见非真有风，殿阁之"微凉"不过因静而生。与人说"心静自然凉"其理相若。显然，静中生凉正是诗人所要表现的意趣，虽然这一意趣未直接点明，但我们通过阅读能感受到这种趣味。

诗贵有理趣。钱钟书先生认为理趣是描写景物，在景物中含有道理。理趣不是借景物做比喻来说理，而是举景物为例来概括所说的理。理趣是写物态，在物态中现心境，是心与物的凝合。宋诗寓理于景。南宋理学家朱熹的《水口行舟》："昨夜扁舟雨一蓑，满江风浪夜如何？今朝试卷孤篷看，依旧青山绿树多。"尽管昨夜江面上风风雨雨，一叶扁舟颠簸于浪涛之中，但今朝雨过天晴，江岸上依然风物秀美。这首诗表达了诗人对大自然生生不息的生命状态的歆羡、仰慕之情，同时又包含对由险入夷的人生境遇应乐观面对的理趣。苏轼也抒发过同样的理趣，他在《六月二十七日望湖楼醉书》中写道："黑云翻墨未遮山，白雨跳珠乱入船。卷地风来忽吹散，望湖楼下水如天。"陆游的名句"山重水复疑无路，柳暗花明又一村"、方岳的"山深未必得春迟，处处山樱花压枝。桃李不言随雨意，亦知终是有晴时"，亦是体物细腻，景中喻理。当人生遇到风雨挫折时，不应轻易放弃，要初心不改，潜心蓄力，坚信终会雨过天晴，迎来绽放之时。诗中的理趣，让人产生共鸣，教我们学会豁达与释然。

闲时，我总喜欢读宋诗。我可以在陆游笔下的江南"小楼一夜听春雨，深巷明朝卖杏花"；可以《约客》来下棋，"有约不来过夜半，闲敲棋子落灯花"；可以调侃一下老朋友"唯有南风旧相识，偷开门户又翻书"；还可以在"疏影横斜水清浅，暗香浮动月黄昏"中体会"疏影""暗香"的意境……

读宋诗的过程，就是一个不断发现的过程。读有趣的宋诗，不只是愉悦自己，在感受古人的风雅，也让自己的心境变得风雅。

原载2022年8月9日《鄞州日报》

文学写作的课堂练笔

课堂练笔是写作水平提高必不可少的一个训练环节，在陈春玲老师的课堂上更是如此。

我校文学语言系 2018 学年的文学与写作班，就读的学员中除了个别原先就有写作基础的外，大多数学员都没有接触过写作，对写作有畏难心理。怎样才能使老年学员于快乐中学习文学，并逐步提高写作能力呢？我们来看看陈老师是怎样上课的。

首先，她把每一篇文章作者的生平、代表作、写作背景等都一一讲好，然后把文章里的生僻词汇解析清楚，领着全班同学一起朗读课文。接着分析段落大意、中心思想，阐述作者写作意图和文章特色，以及我们的学习重点，如修辞方法的运用等，文中一些重要的词汇，她要求学员通过遣字造句来加深理解。课后，她还有布置作业，比如练笔。

"对生活中细微又具体的情节，加以生动细致的描绘，对人物、动物、景物、场面、事件等，都可以进行细节描写。没有细节就没有艺术。"陈老师写在黑板上的这段话，被许多学员认同并深刻影响着他们的写作。对他们来说，每次课堂练笔，都会得到意想不到的收获。

2019年6月的这堂课，讲解的是现代散文作家梁实秋的《鸟》，这篇文章是写动物类的作品，表现了作者的仁爱心理。文章开门见山点明作者爱鸟，从描写鸟的声音等展开，又通过描述鸟的形体、神态等抒发作者爱鸟的情怀。通过阅读讲解，同学们对散文的写作感受极深。

课后，老师布置的作业是用文中的六个词（瞵视昂藏、高踞、鸱枭、鼎沸、玲珑、秾纤）串联起来写一段话，用词顺序不分先后。同学们积极动笔，写出了自己的精彩。我是这样写的。

阳台上的常客

"喁喁，啾啾"，每个清晨，我总会被阳台上响起的音乐声唤醒。它们是一群可爱的鸟儿，是我家的常客。

我家阳台上堆砌着一座假山，假山底部泡在水池中，假山边上的一片绿植，要数紫藤花最美丽。鸟儿真是充满灵性的动物，它们总是会找到水源地。最初是一只鸟前来探路，喝足了水就在紫藤树上放声歌唱。我是听不懂鸟语的，想来大概是鸟儿在呼朋唤友，不一会儿，又来了几只。"叽叽喳喳，喁喁啾啾"，一时间一片鼎沸。它们玲珑的身子秾纤合度，轻盈地在水池边、树枝间欢快地跳来跳去，而先到的那只鸟高踞在最上面的枝头上，一派瞵视昂藏的神气。

这些可爱的小生灵，占据了白天的大好时光。城市的夜里大多是见不到鸱枭的，我也不想见到。

就是在这一堂堂轻松愉悦的课堂教学中，学员们从最基础的环节——课堂练笔开始学习写作。通过一次次课堂练笔，学员们不再害怕写作，普遍反映上课很有劲、很有趣、很想学。我把这篇练笔投稿在《宁波晚报》上发表，更是激发了同学们的写作热情，很多同学有了强烈的写作欲望，热爱写作蔚然成风。

从2018年9月至今，文学与写作班的学员以令人惊讶的速度在写作的道路上飞速成长着，有7位学员加入了宁波市作家协会，12位学员加入了校文学社，这些学员的文章经常刊登在省、市等各级报刊上，光是今年发表的作品就有上百篇，成绩喜人。把作业变成作品，写作能力的提升确实有赖于持续不断的课堂练笔。

原载2022年12月宁波老年大学文学社杂志《浪花》

那时梅开

梅花作为诗词意象,被古人寄情甚多。

南宋著名爱国诗人陆游写过与梅有关的诗词一百多首,最广为流传的是这首小令《卜算子·咏梅》:"驿外断桥边,寂寞开无主。已是黄昏独自愁,更着风和雨。无意苦争春,一任群芳妒。零落成泥碾作尘,只有香如故。"陆游在这首咏梅词中,以梅花自喻,借梅花孤高正直、操节自守、坚贞不屈的品质来抒发其请缨无路、壮志难酬的苦闷和一腔忠贞之志,表达了其坚持理想,绝不与争宠邀媚、阿谀奉承之徒为伍的坚定信念。他的这首词,处处紧扣梅的高尚品格,又处处体现词人自己的心志,言简意丰,耐人寻味。

我们知道,诗言志,词言情。词人把自己的情感填入词中,或写景抒怀、表达人生感悟,或赠别怀人、叙写情爱相思,或咏史怀古、抒发爱国豪情,或咏物寄兴、表现壮志难酬……当我们阅读这些咏梅古诗词,就会理解个中的情愫。

宋光宗绍熙二年(1191),南宋著名词人姜夔从合肥归湖州,中途到苏州石湖再次拜访著名诗人范成大。适逢范家花园梅花盛开,范成大设宴赏雪观梅,请姜夔制作新曲。姜夔本是位难得的艺术全才,精通音律,能自制曲谱。他写的词有较高的艺术造诣,尤以意境清苦、语言凝练著称。于是姜夔便制作了《暗香》和《疏影》两首自度曲。"旧时月色,算几番照我,梅边吹笛。唤起玉人,不管清寒与攀摘。何逊而今渐老,都忘却春风词笔。但怪得,竹外疏花,香冷入瑶席。江国,正寂寂。叹寄与路遥,夜雪初积。翠尊易泣。红萼无言耿想忆。长记曾携手处,千树压、西湖寒碧。又片片、吹尽也,几时见得?""苔枝缀玉,有翠禽小小,枝上同宿。客里相逢,篱角黄昏,无言自倚修竹。昭君不惯胡沙远,但暗忆、江南江北。想佩环、月夜归来,化作此花幽独。犹记深宫旧事,那人正睡里,飞近蛾绿。莫似春风,不管盈盈,早与安排金屋。还教一片随波去,又却怨、玉龙哀曲。等恁时、重觅幽香,已入小窗横幅。"《暗香》在咏梅的同时抒发了怀念故人的情怀,但"玉人"究竟是情人还是友人,或另有所指,则众说纷纭。也正在于其意象朦胧,虚幻空灵,让人联想翩翩。《疏影》则描写黄昏赏梅及由此引发的种种联想和感慨。它与《暗香》写今昔之盛衰不同,更侧重于工笔写梅,触景生情,把梅花人格化、性格化,既写梅,亦写人,抒发了对梅花落尽的无限感伤。

范成大在《次韵姜尧章雪中见赠》中称赞姜夔"新诗如美人,蓬荜愧三粲"。在读了姜夔《暗香》和《疏影》后极为高兴,留姜夔住了一个多月。直到当年除夕,才让他告辞回去。临别,范成大还把家里的歌女小红送给了姜夔。

那一年,年过半百的王安石,历经变法的新主张被推翻,去访一高士不遇，用"墙角数枝梅，凌寒独自开。遥知不是雪，为有暗香来"这首诗题其壁，翻新古乐府诗："庭前一树梅，寒多不觉开。只言花似雪，不悟有香来。"他将"庭前"的梅移到不显眼的偏僻"墙角"，而特别强调了它的"凌寒独自开"与"为有暗香来"，从而突出了梅花的坚强意志与芳香品格。通过对梅花不畏严寒的高洁品性的赞赏，用雪喻梅的冰清玉洁，又用"暗香"点出梅胜于雪，说明坚强高洁的人格所具有的伟大魅力。

凌寒开放的梅花以其独有的气质品格，赢得天下人的赞赏，以至于范成大下过这样的断语："梅，天下尤物，无问智贤愚不肖，莫敢有异议。学圃之士，必先种梅，且不厌多。他花有无多少，皆不系重轻。"似乎爱梅与否成了衡量人的基本审美水准的标志，也难怪每当梅花山谷、梅花公园等梅花盛开之时，赏梅之人成群结队，络绎不绝，"紫陌红尘拂面来，无人不道看花回"，赏梅成了一桩风雅的事。

在我儿时的记忆中，曾做过一件附庸风雅的事——制作梅花。那是在没有梅花的季节里为怀念寒梅而制作的。制作梅花用的原材料是平日用剩的蜡烛油，20 世纪 70 年代有段时间，每周总有一两个晚上家里会停电，因此蜡烛是每家必备的物品。以白蜡烛居多，有时杂货店白蜡烛没货了，家里也会用上红蜡烛。每当停电时，点亮蜡烛，我们一家人都放下手中的活围坐在烛光前，于微光中静静等待来电。烛光摇曳中，流下来的烛泪和以后不能再用的蜡烛头，我们就收起来，收集到一定量，我们就开始打它们的主意了。

拗来几根枯树枝备着，煤饼炉上放着一只铁器，放入白蜡烛、红蜡烛碎末，微火中蜡烛很快融化，变成液体状的蜡烛油，用鸡蛋的小头轻轻蘸一下蜡烛油，冷却后剥下来就成了一片红梅的花瓣，在蜡烛油尚有余温时，把花瓣依次粘连，形成一朵盛开的五瓣梅花，再用几滴蜡烛油把梅花固定在枯树枝上。一朵朵红梅开在枝上，插入花瓶中，甚是好看。直到长大后，我们才知道，这是一件多么风雅的事。

再过些日子，梅花就将盛开了，到那时，赏梅、读诗，还可以做很多与梅有关的事。

原载 2023 年 2 月 1 日《奉化日报》

范石湖的梅花

近日翻阅《范成大集》,发现范成大在喜欢梅花这件事上花了很多的心思。

范成大(1126—1193),字至能,晚号石湖居士,平江府吴县(今江苏苏州)人。绍兴二十四年(1154)擢进士第。知处州、静江府等,有利民政绩。累任中书舍人,四川制置使,权吏部尚书,拜参知政事。绍熙三年(1192)加大学士。曾作为泛使出使金国,临危不惧,大义凛然,不辱使命。晚年退居故乡石湖。有《石湖居士诗集》等。

《范成大集》收录范成大 100 多首诗、70 多首词和 8 篇文赋,附录范成大年谱简编。范成大非常喜欢梅花,一生以梅为题作诗170 余首,在这本书中有大量用梅花作为意象的诗词。

在开篇第一首诗《元夜忆群从》中,他借梅花抒发自己的情感。"隙月知无梦,窗梅寄断魂。"上元夜,他孤身一人,除青灯之外,窗外的月光也似乎通晓人情世故,通过小缝来窥视人,安慰他这个由于思念兄弟而不能入睡的人,并且把梅花映在窗纸上,用梅影来分担他的孤寂愁苦之痛。在《樱桃花》诗里,梅花是有灵性、有情韵的。当樱桃花在乍暖还寒"匀朱匀粉最先来"相伴时，高贵的梅花没有鄙视，没有不满，有的是长辈般的呵护，"玉梅一见怜痴小，教向傍边自在开"。在他的诗里，梅花又是不同寻常的，"须知风月寻常见，不似层层带雪看"。梅花可以"与折一枝斜戴，衬鬓云梳月"，当梅花"冷蕊疏枝半不禁，更著横窗影"时，还能"半夜清香入梦来，从此熏炉冷"。

乾道八年（1172），范成大已被任命为静江知府，先行回乡建筑"石湖"。"湖山如画，系孤篷柳岸，莫惊鱼鸟。料峭春寒花未遍，先共疏影索笑。一梦三年，松风依旧，萝月何曾老。邻家相问，这回真个归到。"这首《念奴娇》便作于这一年。初归石湖，这里还有些春寒，鲜花也还没有全部盛开，可光是看到如画的山湖、自在的鱼鸟和俏丽的红梅，就足以令人流连忘返了。离开家乡多年，当看到与从前一样皎洁的月亮，沐浴着同样的松林之风，范成大心中感慨万千。邻家随意的一问，引发了他归隐山林的念头。

在此后的多首词作中，范成大都表达了想要挣脱官场的羁绊，回归真我的心情。他晚年退居石湖，筑"石湖别墅"，广收梅、菊品种，植于所居之范村。书中附录范成大年谱简编中，淳熙十三年（1186），范成大著《梅谱》《菊谱》各一卷。我看到他在《范村梅谱》自序中称："梅，天下尤物，无问智贤愚不肖，莫敢有异议。学圃之士，必先种梅，且不厌多。他花有无多少，皆不系重轻。余于石湖玉雪坡既有梅数百本，比年又于舍南买王氏僦舍七十楹，尽拆除之，治为范村，以其地三分之一与梅。吴下栽梅特盛，其品不一，今始尽得之。"可见其毫不掩饰对梅花的酷爱。

《范村梅谱》又称《石湖梅谱》，收录江梅、早梅、官城梅、消梅、古梅、重叶梅、绿萼梅、百叶缃梅、红梅、鸳鸯梅、杏梅等梅花品种，记录其产地、枝叶、花型、颜色、香味、果实等，间引咏梅诗句，文虽短小，亦美不胜收，雅致可赏。例如对早梅的描述：早梅花胜直脚梅，吴中春晚二月始烂漫，独此品于冬至前已开，故得早名。钱塘湖上亦有一种，尤开早。余尝重阳日亲折之，有"横枝对菊开"之句。行都卖花者争先为奇，冬初所未开枝，置浴室中熏蒸令拆，强名早梅，终琐碎无香。余顷守桂林，立春梅已过，元夕则见青子，皆非风土之正。杜子美诗云："梅蕊腊前破，梅花年后多。"惟冬春之交，正是花时耳。

三千年前，我国已开始植梅、赏梅，那时人们重果梅而轻花梅，在《诗经》中有"摽有梅，其实七兮""终南何有？有条有梅"。其后"梅始以花闻天下"。到了汉魏六朝，艺梅、咏梅之风日渐流行。晋朝陆凯自荆州折早梅，托邮驿送范晔，并附诗："折花逢驿使，寄与陇头人。江南无所有，聊赠一枝春。"折梅赠友遂成佳话。从南朝刘宋寿阳公主偶扮梅花妆，到传说中隋朝赵师雄于罗浮山巧遇梅花仙子；从唐代宋璟赋梅"万木僵仆，梅英载吐"，到北宋林和靖"梅妻鹤子"；至南宋，梅愈来愈受追捧，品种亦日渐丰富，梅文化更是蔚然大观。自范石湖的梅花开过，我国亦为世界上第一部梅花专著《范村梅谱》的问世，是为佐证。

原载 2023 年 3 月 11 日 "悦读让生活更美好" 公众号

叠字诗，自《诗经》起

在老年开放大学文学赏析与写作班，听赵淑萍老师讲解中国古代文学作品《蒹葭》。

"蒹葭苍苍，白露为霜。所谓伊人，在水一方。溯洄从之，道阻且长。溯游从之，宛在水中央。蒹葭萋萋，白露未晞。所谓伊人，在水之湄。溯洄从之，道阻且跻。溯游从之，宛在水中坻。蒹葭采采，白露未已。所谓伊人，在水之涘。溯洄从之，道阻且右。溯游从之，宛在水中沚。"这是一首怀人诗。诗中的"伊人"是诗人爱慕、怀念和追求的对象。至于与诗人是什么关系，很难确定。"一千个读者眼里有一千个哈姆雷特"，虽然这句话说的是西方文学作品，用在文学欣赏中却可以指不同的读者对同一部作品的人物和情节也许有不同的评价。

今人一般认为是诗人的恋人。《蒹葭》诗三章，重章叠句、一唱三叹的结构形式，不但用水、芦苇、霜、露等自然事物烘托出一种清凉、朦胧的意境，叠唱的效果还加深了诗的意旨，让人进入一种女人和水组合而成的幻美境界。诗中的景物描写十分出色，景中含情，情景浑然一体，给人以广阔的想象空间，有力地烘托出主人公凄婉惆怅的情感。

《诗经》是我国最早的一部诗歌总集，多为四言诗，重章叠句，回环复沓。其中叠字的运用甚多，我国最早的叠字诗可追溯至《诗经》。

叠字，指两个相同的字重叠而成一个词，也称"重言"，是一种组词手法，亦是一种修辞手法。叠字诗，指诗中的部分句子，或全诗各句都用叠字组成。叠字的运用，能增加语言的音节美，增加情感的强度，在民歌中用得最多。

比如《蒹葭》诗中每章的开头一句，"蒹葭苍苍""蒹葭萋萋""蒹葭采采"，叠字"苍苍""萋萋""采采"都是在形容蒹葭，在秋天这样一个繁茂的季节，象征着水边的生命，有着非常强烈的、顽强的意志。再比如《桃夭》："桃之夭夭，灼灼其华。之子于归，宜其室家。桃之夭夭，有蕡其实。之子于归，宜其家室。桃之夭夭，其叶蓁蓁。之子于归，宜其家人。"这首诗描写的是女子出嫁的情景和作者的美好祝愿。诗句清新纯朴，却有极强的感染力，读来就如喝了一杯香醇的美酒，让人在满口余香中感受着美的诱惑。连续三章起句"桃之夭夭"，叠字"夭夭""灼灼"的运用，是对美丽的一再铺陈渲染，引出后面披着嫁衣的少女。"艳如桃花""人面桃花相映红"，不知有多少后人用桃花来比喻女人的美丽，均是受《桃夭》的影响。

一部《诗经》，叠字的运用比比皆是。自《诗经》起，叠字诗在南北朝至唐朝时臻于成熟，宋元入词曲开拓新领域，明清虽降却花样翻新。用叠字赋诗最难，也是诗词叠字发展而来的一种杂体诗。此后又有叠字词，叠字曲。典型代表作品有宋代女词人李清照的《声声慢》，起句"寻寻觅觅，冷冷清清，凄凄惨惨戚戚"，一连用七组叠字，绝无仅有。李清照对音律有极深造诣，所以这七组叠字极富音乐美，演唱和朗读起来，有一种"大珠小珠落玉盘"的韵律美。

原载2023年6月12日"宁波老年开放大学"公众号

说说我的乡村类题材之写作

我们文学社每学期开学第一期活动总会组织社员进行写作经验交流，朱社长要我代表发言，我就写了下面这篇稿子。

前一段时间，我把写作方向转向有历史人文积淀的乡村题材，这首先是源于我自己本人喜欢行走乡村，平素还喜欢历史，便写了一篇关于明溪村的文章。

这篇《明溪溯源》文章是去年 11 月写的，写好后于 11 月下旬投到《奉化日报》和《鄞州日报》。因为我对自己的要求是写一篇最好能发表一篇，所以当时就等着，也没写其他文章。到了今年年初，发现《鄞州日报》和《奉化日报》改版了，报纸的副刊版面大幅度削减，我这篇长文章肯定无法刊登了。想想自己也好不容易开始这类写法，就想着投校刊试试。今年 1 月 25 日我投出后，当时学校放假。校刊编辑王老师在 2 月底学校上班的第一天就阅读了我的这篇文章，并给予了采用肯定。因为外面公开刊物发表的文章不能再在校刊发表，所以文章在 5 月份校刊上发表后，我又投了《宁波晚报》。没想到，编辑李老师很快给了回音，给予我发表的鼓励，并说最好能提供照片，因为文字稍微少了点

（当时我这篇文章不到 1900 字）。我补充了图片（没用上），又补充了一段关于东皇庙的介绍，最终以 2000 字刊登在 6 月 17 日的《宁波晚报》。

因为有了第一次尝试的成功，也因为编辑李老师的约稿鼓励，我信心大增，于是，第二篇《走读马头村》应运而生（此文刊登在 8 月 13 日《宁波晚报》）。

总结这两篇文章的发表，我发现有几个要注意的点：第一，尊重事实，历史典故出处需要考证。为此，我特地去市图书馆查询有关镇志、县志，并对乡村现状进行考证，写作中发现疑惑的地方又去现场考证落实（明溪村和马头村，我都是在写作过程中多次去考证，因为写作的过程是一个深入研究的过程，再一次去村里探究会有一种老朋友熟悉的感觉，也会对写作有帮助）。

第二，字数在 2000 字至 2500 字为最佳。关于明溪村的文章我补充到 2000 字以上，后面一篇《走读马头村》初稿我写了近 3400 字，这样不但自己写作辛苦，最主要是文章有可能不精练。文章经过编辑后发表一般是 2500 字。另外，照片要自己提供，涉及文中代表性建筑物的至少五六张供编辑老师筛选，以前学过的摄影技术给了我最好的支持。

第三，文章要符合报纸副刊的要求。建议不要写走马观花的旅游文章，一定要写深写具体。文章一定要抒发自己的思考或感想，一篇没有自己独特感想的文章，我想大概也会淹没在大量的投稿邮件中。

以上浅见，请各位老师包容。谢谢！

写于 2023 年 9 月

在老年大学的快乐奉献
——程班长采访手记

  我是 2018 年 8 月底见程班长第一面的，当时正逢学校开学前各系组织班长开学前会议，程班长到文学语言系 705 教室报个到就走了。很多班长都认识她，知道她是去其他系开会。后面几年，我们在文学语言系的学期中和学期结束时的班长会中经常会遇到，但我对她不甚了解，只知道她是一个"老班长"。

  这次接到学校口述史的采访任务后，我想可以好好地了解一下她了。10 月 20 日，702 教室，我们小组三人对她进行了采访，之后我负责整理初稿。但我很快发现，其中有许多的艰辛，比如编写面点教材、制作面点、采购食材等，她的叙述中都没有提及。于是，我到生活应用系办公室找到了《面点（中式）》教材，又专门花了一下午时间听胡聪杰老师的西式面点课，再从学员手中借到这本教材，回家一比较，发现这教材里面的学问还真是大。我马上联系了程班长，准备第二天再进行一次采访，要叫她挖些故事。10 月 31 日上午，705 教室，采访结束后，我又走访了原生活应用系李瑾老师和声乐戏曲系沈慧琪老师，她们对程班长有很高的评价。

程班长是一个乐于奉献的达人,为学校、为学员做好事,十几年如一日,天天如此。她工作认真负责,对学员亲如兄弟姐妹。真可谓人如其名,是个名副其实的"班长达人"。她编写的面点教材,教学理论占全书的二分之一以上,可程班长谦虚谨慎、不慕名利,在教材封面上,根本没有署自己的名字。真如她所说,只要教材方便实用,受到老年学员欢迎,就是最大的褒奖,就是最大的欣慰。

程班长是一个乐于奉献的带头人。自学校设立甬剧教唱班以来,程班长一直担任班长,2010年因学校教学计划调整,组建了甬剧社团,程班长又担任社团负责人。2011年,学校举办第二届艺术节,有一台甬剧专场演出,程班长"老骥伏枥"却"壮心不已",勇于挑战、迎难而上,与任课董老师一起圆满完成了任务。

原戏曲系忻斌主任这样评价程班长:"她有阳光般的心灵,她的心里充满着了阳光,与她相处,感觉特别好。"原戏曲系史樟兴老师说到甬剧社团:"许多学员来社团表演,就是奔这个和谐的团体而来。"社团的学员们都说:"程班长那样热情、和蔼、可亲,她都年近古稀了,还那么辛勤地为大家服务,我们还有什么不能干的?"听到这些,我相信大家都会很感动,被程老师的人品感动,被程老师的凝聚力感动。

学校里凡是有志愿活动,都有她的身影。"没关系,不累,为学员服务是我的最大快乐。"这纯朴无华却真情流淌的话语,体现了程班长思想的至诚无私,更显其奉献胸怀。

"莫道桑榆晚,为霞尚满天。"生活应用系、声乐戏曲系等老师们无不竖起大拇指,说着程班长的好。作为班长,她为学员营造了一个和谐的学习环境,并真诚、热情地为学员们服务,让他们高兴而来、愉快而归。班级有了她变得温馨快乐,校园有了她更加生机勃勃。因此,大家称她是一个热情似火的校园志愿者。

写于 2023 年 10 月

觉慧的逃离

——读小说《家》有感

巴金先生的《家》,描写了一个正在崩坏的封建大家庭的悲欢离合的历史。

觉慧的家,是这所公馆。门口一对石狮子,屋檐下挂着一对大红纸灯笼,门前台阶上一对长方形大石缸,门墙上挂着一副木对联,红漆底子上现出八个隶书黑字:"国恩家庆,人寿年丰。"

觉慧有两个哥哥,他是三兄弟中最小的一个。起初,大哥天天打牌,为的是讨别人欢喜;二哥天天到姑母家去教琴姐读英文,晚上总不在家。

他觉得自己应该做一个和他们完全不同的人。他参加进步青年活动上街请愿,却被封建礼教的家庭封锁在这个家里。他感到寂寞,感觉他的家庭好像是一个沙漠,又像是一个"狭的笼"。他需要的是活动,他需要的是生命。

人的身体可以被囚禁,人的心却不可以。觉慧虽然没有走出公馆,可是他的心依旧跟他的同学们在一起活动。这是他内心对这个家的第一次逃离。

但毕竟形式上的家、物质上的家是他身体的归宿,无论内心是怎样的逃离，终究还是要回归的。

在这个高家，在这个大公馆里，他目睹，丫鬟鸣凤可以作为商品随意赠送，即便她用投湖自尽结束自己年轻的 17 岁的生命来反抗，但高家仍用婉儿代嫁给一个 70 多岁的老头做妾。鸣凤的死和婉儿的嫁很快就被人忘记了，这两件同时发生的事情并没有给高家的生活带来什么影响。

高家三兄弟，原本都是有学识的新青年。

大哥觉新与梅表姐青梅竹马，由于他生性懦弱，不得不听从父亲的安排娶了妻子，而对梅表姐怀有愧疚之心。虽然他们夫妻恩爱，但大嫂生产时被高家用封建礼教赶到郊外，他不敢说不，心爱的妻子在难产中，他也不敢推开小小的木门，任凭封建礼教把他阻隔在外面，直到妻子死亡，他才突然明白，这两扇小门并没有力量，真正夺去他的妻子的还是另一种东西，是整个制度，整个礼教，整个迷信。

二哥觉民与琴姐也是琴瑟和鸣，两情相悦，却要用他的出走来争取他们的婚姻。要不是高家老太爷到了生命的最后时光，觉民的结局也会和大哥的一样。

在广大的世界上，有很多的光明，很多的幸福，很多的爱。经历过林林总总的一些事，觉慧对高家彻底死心了，他要反抗，他已决定逃离。

"我是青年，我不是畸人，我不是愚人，我要给自己把幸福争过来。"他的眼睛是连接不断的绿水。这水只是不停地向前面流去，它会把他载到一个未知的大城市去。在那里，新的一切正在生长。那里有一个新的运动，有广大的群众，还有他的几个通过信而未见面的热情的年轻朋友。

  《家》是一部写实的小说，书中那些人物都是作者爱过或者恨过的，书中有些场面还是作者亲眼见过或者亲身经历过的。新的时代，再次阅读《家》，仍然有着非凡的意义。

写于 2023 年 11 月

我的旅游观

我喜欢旅游。旅游可以开阔视野，了解风土人情，观赏别样风景，放松心情。退休后，我自由的时间多了，就经常出去旅游。经历多次旅游后，我自觉旅游最重要的是时间、金钱、身体和伙伴这四方面因素。

首先，旅游需要选好时间。旅游目的地一年四季中最漂亮的季节，就是旅游最佳时间。有一年，我去新疆，特意选择了9月20日左右到达喀纳斯。因为9月中下旬的那段时间，是喀纳斯一年中最美的时候。秋风的吹拂下，喀纳斯的白桦林树叶由绿色渐变成黄色，早晨或黄昏，日光斜照在白桦林中，投射出斑驳光影，如梦似幻。这如诗如画的场景，给人带来极大的享受。

其次，老年人出去一趟不容易，在条件允许下，可以适当花钱。十多年前，我去四川稻城亚丁游览，晚上住在半山腰的亚丁村藏民家里，第二天一早要从海拔4150米的洛绒牛场，沿一条单程5公里，只有一人能通行的山路上去，到海拔4600米的牛奶海。光是来回走就要耗时5个小时，为了节省时间、保持体力，我选择乘坐马匹上下。这笔开销在当时是属于比较高的费用，但是让我省力不少。从稻城亚丁回成都时，我们也没有再坐长途汽车走回头路，而是从世界海拔最高的稻城亚丁机场直飞到成都，感受另一种体验。

第三，旅游还需有良好的体格。我以前去过的高海拔地区中，四川稻城亚丁是最高的，但由于当地有着良好的植被覆盖，身体没有出现缺氧的高原反应。而当我到平均海拔3650米的拉萨时，由于树木较少，犯了头晕，走路像脚踩高跷不着地，这一晚我是浅睡眠状态。好在第二天去林芝，因为林芝的植被较丰富，有"高原小江南"之称，我的高原反应症状很快消失。从林芝回到拉萨后，又在羊湖等高海拔地区旅游，身体再没有出现影响旅游质量的异常。

最后，影响旅游心情的因素是伴侣。游伴可以多，但最好成双。行程中以两人一对为最佳，若游伴过多，一群人一起走，有时总免不了要集体商量讨论，有可能还会影响行程和游览质量。我有一位摄影师朋友，她们单位组织去外地旅游，到了一地，风景优美，合影留念，摄影师自然没得话说，牢牢把住相机，"咔嚓"声不绝，每人一张，笑逐颜开。还没轮到她自己，旅游部队就要开拔，以至于她要从别人的照片里看风景，回到家什么都不知道，还忙着义务为大家修照片，做好事影响到自己的旅游质量，也是遗憾。但独自出门游玩又太过寂寞，还令家人担心，两人一对，有说有笑，可商量可分享。另外，游伴的爱好最好接近。那年，我们一群人去西藏，由于时间有限，有一天晚上碰到一个二选一的问题，或观看大型实景剧《文成公主》，或是吃一餐西藏特色美食。我旅游每到一处，凡有条件都要看一场当地的实景演出。幸而与游伴爱好相同，选择了观看实景剧。有一次在美国旅游时，同样由于时间限制，也碰到类似二选一的情况，我与游伴不约而同要求参观大都会艺术博物馆，放弃购物体验。仍记得大都会艺术博物馆展馆很大，展品很丰富，在参观过程中，我俩利用自身良好的身体素质，灵活机动在各分馆之间跑动，尽可能挤出时间来多参观。

我的旅游观，关乎我的旅游质量，因此，我每每把握之。

原载 2023 年 12 月 5 日《奉化日报》

人生如茶沏淡浓

近段时间，我在读林清玄的散文集《人间有味是清欢》。

对于台湾著名作家林清玄先生的散文，我们都不陌生。林清玄先生的文章，取材于他自己经历过的生活，文章短小精悍，都有一个小故事，但小故事里有大智慧，他总能在平凡的故事里思考生命的意义，总是能给人以启迪，让我们感受到人性的温情。

在这篇《茶味》里，他对茶叶的描述是："茶叶虽小，可它的形成颇为复杂，它须在阳光照耀下开花，在细雨濡湿中滋润，在云雾萦绕里成长，在慢火烈焰上烘焙，经过许多步骤的磨砺，才形成了可供品尝的茶叶。"

而要沏一杯好茶，还需若干条件。

"上等的茶叶，优质的泉水，加上恰当的火候，还要有冲泡的本领才得以成一杯好茶。成功辉煌的人生也必定具备几方面的素质：高尚的道德情操、一定的才华修养，加上良好的人际关系和自己'世事洞明，人情练达'的社会生活驾驭本领。"

这让我想到，我们的成长过程就像这茶叶，须经得住阳光雨露和风霜烈焰的考验，才能有资格成为茶叶，不至于在每一个考验的过程中被淘汰；而最终成为上等的茶叶后，还需要若干个本领才能成就一杯或淡或浓的茶。

沏一杯茶，与我的人生何其相似。

我的第一份工作是在电子工厂的电讯车间从事电子焊接和装配。我白天工作，晚上和休息日走读中央广播电视大学的电气工程专业，三年后获得了大专毕业文凭。按接下来的发展顺序，我可以看到，不久的将来，我会成为一名技术员，再过上几年，我会成为一名工程师。

20世纪80年代末，改革开放的春风吹遍了大地，但经济类人才缺乏。我看到了机会，利用业余时间进修了经济类课程，还积极参加实用的会计培训。当时，很多工厂都办起了三产，我到厂里办的劳动服务公司，先从出纳做起，一边干一边学习会计业务，还参加浙江省高等教育自学考试会计专业的学习。吃尽苦头，终有回报，当我参加人才交流应聘到一家公司，开始从事我理想的会计工作时，其实才是我今后持续学习、更加努力工作的开始。就好像一片茶叶，在经历阳光雨露的滋润、烈火的灼烧后，才成为真正的茶叶，才有机会成为一片上等的茶叶。

我开始沏我人生的这杯茶。我不满足现有的学历，向着更高的学历进军。我先后开展浙江省高等教育自学考试会计专业的专科、本科学习，获得本科学历证书。随着职位的升迁，不断推出的财政政策等知识更新，在一手抓业务知识学习的同时，还研读浙江大学的金融类研究生课程，及时应对各种新业务带来的新变化。同时，良好的人际关系和工作平台，让我如鱼得水，单位看到了我的能力，给予了我相应的待遇。国家市场经济的大环境给予了工作单位横向和纵向的扩展，我有了更好的发展平台，展现我的能力。我从最初子公司企业的财务经理做到集团的财务总监，我获得了成就感，实现了人生价值。

林清玄说："不同的茶叶泡出不同的茶味，低劣下等的茶叶只能泡出苦涩无味的茶，而优质上等的茶叶则泡出香醇宜人的好茶。"人生如茶，让我们做上等的茶叶吧！良好的人际关系，有人赏识，就如优质的泉水，时机及大环境就如恰当的火候，持续的学习能力就如冲泡的本领，组合在一起，才能沏出一杯淡浓合宜、唇齿留香的好茶。

原载2024年7月4日"悦读让生活更美好"公众号

我与老年大学的文学缘

我在宁波老年大学学习文学,是为了圆我年轻时的梦。

从小我就很喜欢阅读。阅读带来的好处便是写作文时"下笔如有神",因此,在小学阶段,自己写的文章每每在课堂上被老师当作优秀作文朗读时,非常开心。在宁波三中读初中时期,我利用寒暑假接触了一些名著,比如《红楼梦》等,但那时读书囫囵吞枣,不求甚解,没能完整地读下来。高中读了一学期后,也就是1978年春天,学校开始分理科快慢班。我们一个年级八个班,分两个年级组,每个年级组各有一个快班,我进到了第一年级组的快班(我们这个班有54名学生,其中只有18名女同学)。到了高中二年级时,从全年级各班中抽出一部分同学组织了一个文科班,因为除了数学和英语成绩最为突出外,我的其他各科成绩比较均衡。我们是两年制高中,1979年英语在高考成绩中占比比较低,所以我继续在理科班读书。况且,那个年代是"学好数理化,走遍天下都不怕",社会上对文科不太重视。

虽然我高考过了录取分数线,但由于我填报志愿不妥,未被心仪的大学录取。后来参加工作,我上了业余大学,又参加浙江省高等教育自学考试，获得了本科毕业证书，后来还读了浙江大学的研究生课程，但这些课程都是与我工作相关的工科和财经、金融类。我一直有一个心结，有机会我一定要读文学语言类课程。

机会来了，退休后我到老年大学学文学。当我得知文学语言系要开办《红楼梦》欣赏这门课时，我第一时间就想到，《红楼梦》是我国文学四大名著之一，我一定要报读这门课，在老师的教学下，进行系统的阅读欣赏。

《红楼梦》作为中国古典小说史上最伟大的小说之一，它绝非横空出世，而是时代文化的集大成者，集中呈现了明清时期精神风貌、思想发展、艺术创作的高度。我作为退休前在工作岗位上时常进行非文学写作，退休后到老年大学学习文学，才走上文学写作道路的人，爱上写作，需要大量阅读，从中国古典文学中汲取养分是非常必要的选择。而且，做一个有文学修养的老人，是我追求的目标。

通过一年的学习，我已经浅尝到了乐趣。曹雪芹用章回体形式，假借自己"因曾历过一番梦幻之后，故将真事隐去"，而借"通灵"之说，撰此书。书中用很多隐喻指代一件件人、事、物，又埋了大量的伏笔，文学写作手法之高妙令人望尘莫及。

书中描写的各种饮食文化、建筑文化、节庆文化，还有中医文化、佛教文化等，令人受教。各种欲望的背后让我们看到人性的两面，父子关系、女性处境、"有情""无情"空间等生命境界探源，让我也如同刘姥姥进入大观园，要想获取更多的文学养分。今年，我仍然留在了文学语言系，继续留在写作班，又担任了文学社的社长,文学的新种子在这个春天再次发芽。

忆往昔,情缘难了;向未来,满心欢喜。与老年大学如此深切的缘分,我还将继续……

原载 2024 年 4 月 15 日《宁波老年大学》

朱宝珠和文学社

宁波老年大学文学社是宁波市作家协会的分会，也是学校优秀社团之一。现有在册会员和荣誉社员 78 人，其中有省市作协会员 42 人，宁波市级以上作协会员占比 54%。社团围绕"自我教育，自我研讨，能者为师，共同提高"的学习创作基调，以社刊《浪花》为抓手，创作积极向上、格调高雅的文学作品，受到专业人士的普遍好评。特别是近年来，会员作品屡获省内外，乃至全国级大奖，社会声誉逐年提高，成为学校文学爱好者交流学习的重要组织。

2009 年，为了给学校文学与写作专修班学员结业后搭建活动平台，宁波老年大学文学社正式成立，施国康任社长。后来，朱鸿声任社长。2017 年 12 月，文学社完成第五届理事会换届选举工作，朱宝珠担任社长，之后连任第六届社长。2023 年 12 月，文学社完成第七届理事会换届选举工作，笔者任社长，朱宝珠任名誉社长。朱宝珠任社长期间，带领文学社在各方面都取得了成绩。

社团活动　精彩纷呈

朱宝珠带领文学社理事会，每学年安排八次活动。有文学沙龙、文学讲座，请名师名家为社员授课，内容包括小说、散文、诗歌等，旨在提高社员文学素养。而文学沙龙课，是社员对社刊《浪花》中的文章互相点评，取长补短，共同提高。春秋季安排两次外出采风，放飞心情，拓宽视野。还有年终总结和来年的工作计划、联欢活动，肯定成绩，满怀信心完成新一年的目标。

精心编辑　《浪花》出彩

《浪花》编辑人员由主编、副主编、社长、顾问组成，进行义务编辑，每期刊登 80 篇至 90 篇社员的作品。在朱宝珠的带领下，《浪花》已连续出到 29 期，每期印 150 本，质量受到普遍好评，期期送市图书馆收藏。

文学社社员以文学为引领，歌颂党，歌颂祖国。以《浪花》刊物为平台，练习写作。因此，大部分社员的文学功底、写作水平迅速提高。社员获奖和发表在报刊上的作品，初步统计每年达 200 多篇，近五年累计达 1000 篇以上。由出版社常规出版的有 6 人，个人出书的 17 人。建社以来，年年有社员加入市作家协会。

为纪念文学社建社五周年、十周年，朱宝珠呕心沥血，组织和编辑出版《三江浪花》书两册，每册计百万字。

发挥社员写作特长

发挥社员能写作、会写作的特长。老年大学校报刊通讯员，文学社社员，在上几届通讯员中占 30%，学校银辉文字记者中也占 25%，学校挑选建校 40 周年写"口述"校史记者，80% 是文学社社员。建党 100 周年庆祝，学校的《我看建党百年新成就调研访谈录》采访小组成员 5 人，有 4 人是文学社的。被采访对象 10 人，其中 5 人是文学社的。文学社的抗美援朝老兵，与学校结对，讲英雄故事赓续红色记忆。校报校刊，每期都有社员作品。《宁波老年》差不多期期都有社员文章。配合学校，加强校园文化建设，在"我与宁波老年大学"主题征文中，社员积极参与，踊跃投稿。

走出去　为社会服务

《如意之灯——储吉旺传评论选编》一书，收录了文学社 12 人的评论文章。朱宝珠是该书编委。文学社受到市文联原党组书记，《如意之灯——"世界搬运车之王"储吉旺传》作者杨东标先生的多次褒奖。为此，储吉旺先生特意邀请社员去如意公司参观，以贵宾之礼盛情款待。

此外，值得一提的是，文学社参与了具有深远意义的，宁波第一本慈善故事书《大善文明——宁波慈善故事》的搜索整理工作。朱宝珠是该书的编委成员。文学社的朱宝珠、林美鼎、冯秋玲、王祝芳、林耀、朱鸿声、缪德伟 7 人搜集整理的 17 篇慈善故事入选。2023 年 2 月 19 日下午，文学社成员应邀参加在宁波善园召开的作者分享会。2023 年 4 月 12 日下午，文学社又一次应邀参加由市委宣传部、市文明办、市文联主办的《大善文明——宁波慈善故事》首发式。

文学社社员多次参与学校与宁波财政学院思政实践教学合作活动中的长者叙事项目。有的社员在天一阁、屠呦呦展览馆做义务讲解员，有的社员自发组织志愿者队伍，有的社员长期从事慈善活动。

宁波老年大学文学社是一个团结、奋进、正气向上的团队。社员爱社如家，理事会关心社员。新一届理事会从朱宝珠老社长手中接过接力棒，展望未来，信心满满，望全体社员齐心协力，取得新的成绩。

原载 2024 年 5 月《宁波老年教育》

阅读是一味清欢

苏轼和朋友到郊外去玩,在南山里喝了浮着雪沫乳花的新茶,配着春日山野里的野菜,赞叹道:"人间有味是清欢。"这句"人间有味是清欢"被林清玄用来作为一篇散文的题目。

林清玄的文章是有禅意的,多年前我还读不懂里面的意味。现在重读他的文章,有了新的感悟。

"清欢"是什么呢?林清玄说"清欢"几乎是难以翻译的,可以说是"清淡的欢愉"。这种清淡的欢愉不是来自别处,正是来自对平静的、疏淡的、简朴的生活的一种热爱。

于我而言,我喜欢阅读,我觉得读书是一味清欢。喜欢阅读的人认为"书有清香",书不是那种俗的、艳的、污浊的东西;而通过阅读,我们能获取美好的东西,能给心灵带来一种荡涤。"欢",就是读书的乐趣。我每每读到一本好书,总是茶不思饭不想,非要一口气读完才罢。其中的乐趣想必很多爱书人都有经历。

我的"欢"体现在阅读中。我的阅读大概有三个阶段。当我还在中小学阶段,我阅读的大多是一些名家的长篇小说,当然,对于当年生活条件还不够富裕的我来说，大多时候是借书来看的，因此对书倍加珍惜，阅读如饥似渴。后来参加工作，在繁重的工作之余，我也没放弃阅读；有了经济保障，我对购书的投入也不吝啬。我喜欢阅读财经类小说、破案推理小说和历史名人传记等。现在我退休了，阅读最多的是中国传统文化类书籍，比如《诗经》《唐诗三百首》《宋词三百首》《红楼梦》等。还有很多的好书列在我的书架中，它们有些是我阅读过还会重读的，有些是即将要阅读的。我在阅读中有着无限的欢愉。

优秀的文章是一股清流，阅读犹如清风扑面。阅读能带给我们什么？记得一位名家说过：许多时候，自己可能以为许多看过的书籍都成为过眼云烟，不复记忆。其实它们仍是潜在的，在气质里、在谈吐上、在胸襟的无涯，当然也可能显露在生活和文字里。对我来说，阅读的好处来自方方面面，我人生的每一个阶段都受益匪浅。我清楚地记得，小学时，我的作文总是被老师当作优秀作文朗读；中学时，作为语文课代表，鲁迅先生的文章我能完整背诵；参加工作后，我从财经类书籍中获取了知识，应用到工作中，提升了自己的业务能力。现在的我，更想加强阅读，让自己"腹有诗书气自华"，成为有文学修养的优雅老人。

林清玄说："清欢之所以好，是因为它对生活的无求，是它不讲求物质的条件，只讲究心灵的品位。"

阅读是一味清欢，让我们阅读吧，享受这味清欢。

原载 2024 年 5 月 16 日《今日镇海》

乡村记忆

第六辑

横街的红色印记

海曙区西部有一个横街镇,横街镇有一个地方有九条溪,九条溪坑两旁散布着朱敏村、乌岩村、惠民村等十余个自然村。这里山丘连绵,崇山纵横,山林茂密,是抗日战争时期四明山我党著名的"红色堡垒村"。这里演绎过多少激情燃烧的红色岁月。

这个秋天,我又一次走进横街,走进乌岩村、朱敏村和惠民村。

乌岩村地处横街镇西北四明山麓,群山环抱,碧水清幽,翠竹高耸,与余姚市大隐镇相邻。2004年4月,由原接胜村、许村、狮红村三村合并而成。乌岩村得名于徽宗之子"乌岩甲天下,母鸡伴乌岩"这个典故。民间还有一个"泥马度康王"的传说。相传,北宋末年,徽钦两帝被掳蒙尘,小康王赵构也在其列。后来赵构寻机南逃,金兀术派兵追赶,赵构逃到姚江边上,眼看无路可逃,在附近庙中见到一匹泥马,骑上它居然渡过了姚江。金兵依然紧追不舍。赵构在大隐一带溯溪而上,逃入山中。逃到乌岩旁边,就躲在这块岩石后面。这时金兵发现了赵构,纷纷发箭射向他,靠乌岩遮挡,赵构才躲过一劫。如今这块乌岩石碑安放在乌岩村委门口，令人回想历史的风云激荡。

20世纪60年代，宁波地区6万余名知识青年响应国家"上山下乡"号召，奔赴祖国各地，度过了一段充满激情与艰辛的青春岁月。为了保存这段历史，2009年，一批热心老知青建立了宁波鄞州知青博物馆，作为当年知青的"情感殿堂"与"精神家园"。后迁入许村（属乌岩村）的知青博物馆建筑面积约3000平方米，展区面积近2000平方米，展区分布集中在主楼，内设序厅、多功能厅、分展区、实藏区、思友厅和管理区，辅楼特设知青生活馆、垦荒农耕时代厅、红色年代·"文革"遗存厅、知青书画厅和知青群体风采厅等。作为展馆配套，大院内设公社大食堂、养生俱乐部和知青商行。这个"知青文博大院"内，展出了宁波知青分赴全国各地概况图、知青们的生活用品等，在这里还能看到1977年高考的准考证、教材等。这些老物件承载了浙江一代知青的记忆。

朱敏村地处四明山区，境内山清水秀，竹林葱茂，如一颗绿色明珠镶嵌在鄞州西乡。抗日、解放战争年代，浙东革命根据地——中共鄞慈县工委办事处曾设于朱敏村平桥头。许多革命志士为民族解放，人民翻身，与敌人英勇斗争，直至牺牲。为悼念朱敏烈士，弘扬革命传统，2004年4月，狮声村与烈士战斗过的乌岩村合并为朱敏村。朱敏村有一个爱国主义教育基地——横街镇革命史迹陈列馆。陈列馆占地600多平方米，展出三个时期（抗日战争时期、解放战争时期、横街的新时期）以及曾经在横街大地上为抗日和解放事业奋斗过的英雄儿女的光荣事迹。馆内展出了革命烈士雕塑，历史照片100多幅，大小历史文物200多件，其中的许多文物是当地老百姓捐赠的。陈列馆运用先进的多媒体技术，放映视频，反映鄞西这块革命根据地以四位烈士命名的爱中乡、云洲乡、朱敏村、惠民村的风貌，以及许多老党员对朱敏英勇牺牲的回忆，横街地区红色堡垒户支持新四军的感人事迹。这里成为革命爱国主义教育基地和社会主义精神文明建设宣传阵地。

旧时连接横街镇惠民与乌岩两村的主要交通要道，是一条"獠狰岭"，岭上多有摩崖题刻，距今已有400多年的历史。现存古道蜿蜒曲折，沿途山泉淙淙，溪潭相间，竹修树茂，共有1360级台阶。随着人民生活水平的不断提高，被先人视为畏途的"獠狰岭"，现成了人们爬山健身的绝佳去处。因惠民村是为纪念革命烈士郑惠民而更名，古道上分别有郑惠民等五位烈士的雕像，故古道亦成了后人缅怀革命先烈的"红色古道"。惠民村建在420米高的半山腰上，四面环山，鳞鳞民舍依山而筑。新中国成立前虽只有两百来户人家，却是四明山革命根据地的一个红色堡垒村。村里有郑惠民烈士的故居，留与后人缅怀。惠民村自然风光和人文底蕴兼具，四周竹海莽莽苍苍，对面山峰云遮雾罩，如仙境一般。远处的双溪口水库，宛若青山捧出的一块碧玉。

江山如此多娇，引无数英雄竞折腰。横街留下的红色印记是如此醒目，那段峥嵘岁月是如此叫人难以忘却。

写于2015年10月

唐诗之路栖霞坑

居住着王羲之后裔的栖霞坑古村，古韵深厚，古风遗存，是宁波市历史文化名村，吸引了众多乡村旅游爱好者和户外运动爱好者的脚步。

进入栖霞坑古村有两条途径，一是从栖霞坑古道徒步进入，另一条是从董村沿溪边公路进入。

深秋时节，到栖霞坑古道徒步赏秋是户外运动爱好者非常不错的选择。一个烟雨蒙蒙的日子，我随一个户外组织前往溪口镇的栖霞坑古道。

名为栖霞坑古道的这条赏秋路线，是户外爱好者组织约定俗成的叫法，从奉化的壶潭古村出发，

栖霞坑古道

穿过余姚的唐田村，再穿越真正意义上的栖霞坑古道，最终到达奉化的栖霞坑古村。

　　壶潭村口有条大溪，溪边的几棵大树成为村的标志，沿溪新修的白墙黛瓦民居，在空蒙山色中就像是一幅水墨画。我们从壶潭古村进入古道开始徒步，需经过五千米的山路到达唐田村。在云雾缭绕中登山，有机农田、山涧小溪、殷红的野樱桃、大片的红枫、路面石缝中顽强的小草……它们都带着亮闪闪的露珠，是平日难得一见的美丽景象。

　　栖霞坑古道一头连着奉化溪口镇的栖霞坑村，一头连着余姚四明山镇的唐田村，是从前两村相互走动的民道。从唐田村走向栖霞坑村方向是从高海拔往低海拔。密林遮道，群山环抱，峡谷

古道掠影

幽深，卵石铺就。细雨带着清新的空气与我们同行。我们走在湿润的古道上，小心着脚下，听着一旁小溪淙淙的流水声，不时有三三两两的银杏、野草莓和云朵般的菇类跑出来给我们惊喜，山里云雾缭绕，烟雨把我们装进了一个仙境。

古道上的各种植物展示着灿烂的一面，装点着人间秋色。一棵古红枫树坐落在古道中，枫叶大都在进行着颜色的变换，它的枝干粗壮苍劲，缠满了岁月的皱纹，一定镌刻着古道上发生的许多故事。

栖霞坑古道，是"唐诗之路"中著名的一段。千百年来，四百多位诗人陶醉于沿途的千峰竞秀、万壑争流、清流舟筏和民情风俗，一路上行舟扬帆、击节高歌。无数文人墨客在此写诗作赋，晚唐时期的陆龟蒙、皮日休，明清两代的沈明臣、黄宗羲、全祖望等，都曾为栖霞坑留下诗篇。"云南更有溪，丹砾尽无泥""云南背一川，无雁到峰前"。"云"是指雪窦山，因雪窦山海拔较高，常年在云雾之中，雪窦山之南的栖霞坑，便被称为"云南"。古道上还有半岭庵、猢狲洞等历史文化遗迹，走过凤仪亭，不远处有一座古桥——永济桥，过桥后便进入栖霞坑村了。

沿着新建的宽阔的柏油马路，跨过高大雄伟的四明大桥，过董村，驾车或坐公交车进入藏在大山深处的古村，是大多乡村旅游爱好者的选择。

我驾车来到这里。车驶过董村后，车窗两边的青山愈发高耸，在葱茏的树木和翠竹的掩映下，山谷更显狭长。村舍依山傍水，一条溪流穿村而过，把错落有致的村子一分为二。停了车，只见一堵残垣断壁矗立在村口，这幢晚清风格的古建筑屋顶和墙

村尾的永济桥

体多数已倾圮，杂草丛生，但那临溪而立的气韵、高大沧桑的马头墙，无不彰显这座王氏祠堂当年的巍峨丰姿。

栖霞坑村民多为王氏、应氏、周氏，居住历史约有五百年以上，以王氏最为著名。栖霞王氏，先出山东琅琊，与王羲之是同宗同族，今六十余世。明代中叶，从定海金塘迁居栖霞，迄今已十九代。旧时，因这一带红白相间、灿若桃花的岩石地貌，栖霞坑也名"桃花坑"。《四明山志》里说桃花坑"在二十里云之南。山岩壁立数仞，延袤数百丈，其石红白相间，掩映如桃花初发，故名"。《四明栖霞王氏宗谱》中，有一首描绘桃花坑景色的诗："水复山垂路有余，桃花坑里有人家。溪唇乱落如红雨，洞口粉披赛绛霞。盖透鹰岩频午茶，荫迷虎岭每栖鸦。问津可有渔郎否,也胜武陵景物嘉。"诗里的桃源意象,指向栖霞坑村的隐逸情怀和山壑幽姿,赋予了这里洞天福地的意趣。

栖霞坑古村是原新昌、余姚通往奉化、宁海的"唐诗之路"的必经之地,古村的宣传窗里,古代乡贤汪纶、毛润、唐经筵等的诗词都为栖霞坑就是"唐诗之路"中的桃花坑提供了佐证。

王氏祠堂

王氏祖先在这里安居乐业,繁衍生息,古老的建筑向我们诉说了一切。与王氏祠堂隔溪相望的另一清代典型建筑——润庄,为栖霞坑现存古民居的经典之作,规模甚巨。门楣上方雕刻着"独占鳌头",门庭背后是"喜鹊迎客"。润庄为贩卖柴爿起家致富的村民王洽成所建,俗称"洽成阊门"。它是一座典型的清代传统建筑,大门前,筑有围屏墙和大步阶,内部有个偌大的天井。润庄设计布局齐整，左右完全对称。前进稍狭窄，后进较堂皇，柱础、石壁、砖雕花窗，颇为精致；窗棂、屋檐、画梁，令人惊叹。据说王洽成发迹成为巨富后，依然不忘村民，福泽桑梓，后世传为佳话。

清人的《四明谈助》如此记述栖霞坑："两岩崇竦，饶竹木，夹溪逼视，曲突相错……岩下溪水奔赴如雷，岩上众绿阴翳，不见天日。有巨石俯于溪边，可坐数十人，行者必于此乘凉、盥漱，移时乃去。"时至今日，多少风雨过后，清人所见的桃源般景状，我们依旧能看到。

沿着溪水往村子里走，溪上横跨着好几座桥，有现代的水泥平板桥棲霞桥，也有年代久远的古桥。长安桥是建于清朝乾隆年间的单孔石拱廊桥，整座桥都是用鹅卵石和碎石砌成，不仅结实，而且美观。五米高的拱形桥基横跨在六七米宽的溪面上，桥面宽约四米，走在上面如履平地，即使用力蹬脚，桥亦不会有一丝震动。

长安桥

古人用他们的智慧和力量造就了坚固如磐的桥。廊檐经岁月侵蚀,显得斑驳苍老。桥上建有木屋,是村民遮阳避雨的好地方。桥头两棵古香樟树需两人方能合抱,老干虬枝,巨大的树冠像华盖,它为古桥遮阳挡雨,陪伴着古桥历经了多少的春秋。

栖霞坑古村现仍存一祠一庙,修葺一新的红漆柱子与雕梁画栋让人耳目一新。村中段的王氏宗祠,是栖霞坑村王氏祖堂,名敬承堂。祠堂始建于清康熙年间,抗日战争时期被日军放火烧毁,1948年冬重建。建筑坐南朝北,占地五百七十平方米,四合院式。前后两进,左右设厢房。高大宽敞的王氏宗祠用材优良,月梁雕有龙凤,牛腿刻饰人物、花卉纹,都极其精美。

与王氏宗祠相毗邻的显应庙是清早中期建筑,光绪《奉化县志》有载,曰"分祀萧世显"。萧世显是北宋奉化的一位县令,在任仅三年,却为百姓做了大量好事。据传,他是在为奉化百姓治蝗虫时中风而死的,地方上为了纪念他,盖了许多庙宇。大殿有一悬匾,上书"德媲甘棠",落款雍正乙卯年(1735)。显应庙格局规整,保存完好,尤其是戏台,制作考究,因其年代久远,有较高的历史、艺术价值。

村里还有几幢新房和农家乐,镶嵌在清一色青砖黛瓦的传统民居中。鸭子在清溪中畅游,溪两边是大山峡谷,四面环山,绵延着六百余米的村落。与大多数古村一样,栖霞坑古村的年轻人已到城里工作了,老年人守着自己的一方山水,用自己山上种的农作物和养殖的鸡鸭,招待慕名而来的乡村旅游爱好者。

我可以从这座桥上过,也可以从那座桥上回。站在村子最尾的古桥永济桥上,这座桥一头连接宁波十大最美古道之一——栖霞坑古道，一头连接栖霞坑古村，我再次细细打量，这个栖霞坑"诗路"散发的"连峰数千里，修林带平津"的独特魅力，真叫人迷恋。

原载 2023 年 4 月《鄞州散文》

舍辋杂兴

莼湖街道有个舍辋村，位于莼湖至城区快速通道旁。据史书记载，舍辋村早在南宋时就已经是一个具有相当规模的山村，并且在周边农村中具有相当高的名望。王氏始迁祖南宋时从琅琊来明州任刺史，占籍箭岭村。后其裔孙昌四，来舍辋烧炭，行至云盖岭，映入眼帘的是群峰连绵，巍峨的雨施山气势险峻，山高景胜，两山相夹之间，潺潺溪水一路流淌到东海，而临山隩处又有一宜居福地，于是昌四确信此地是发族之处，便卜筑于此。王氏在此繁衍子嗣，以农耕为业，族中时有优秀人才建功立业。至今，王氏、周氏等后族百姓仍在此地安居乐业。

说到舍辋村名的来历，主要有三种说法：第一种说法是在南宋时期，该村位于莼湖至尚田的主要交通要道，凡是从冷西方向来的人都对舍辋村有一种特殊的感觉。"逾云盖岭，沿溪东趋，两山夹峙，路随山转，颇崎岖褊狭，抵其境，则豁然开朗，峰排青而泉流冽，桑柘成蹊，田畴环宅，而不知蓝桥辋谷，诚复何如。""蓝桥辋谷"是指唐代王维在蓝田县宋之问的别墅的基础上营建的辋川山庄（今已湮没）。由此可见，舍辋村在南宋时期，既是一个交通要塞,景色也相当秀丽,是路人、富商、文豪的集聚之地,当时的房舍楼宇,堪比蓝桥辋谷,故以舍辋而名之。第二种说法是在明末清初,当时的抗清名将张苍水统兵曾踞悬山岛海上要塞,为保护当地老百姓,曾率部驱车至村,见山道崎岖,车不能行,便下令舍弃车辆,用马驮物,"舍辋"由此得名。第三种说法源于当地的方言,由于莼湖古时离大同山很近,现在的吴家埠村是一个船坞埠头,而渔民在岸边找不到好的网地,便选择了舍辋村作为晒网场,由于晒网和"舍辋"两字谐音,故沿袭至今。此三种说法,只有第一种有史书记载,"其将王氏发祥以后所称欤,抑古之遗名然耶"。

"云峰咫尺古禅关,峰自向人云自闲。莫道闲云不成雨,飞飞偏上雨施山。"一首《古寺看云》是舍辋村形象的写照。

我是在冬日梅花盛开的时候,由一条自西向东的舍辋溪领着进入舍辋的。舍辋谓之"百花村",百花盛开时节,美不胜收。

古人爱踏雪寻梅,王安石在《梅花》中写道:"遥知不是雪,为有暗香来。"雪后的一枝白梅湮于雪中,它没有红梅的色彩,与白茫茫的白雪混在一起,却不难被细心的诗人发觉。这才有了"梅须逊雪三分白,雪却输梅一段香"的千古佳句。宋时卢钺说"有梅无雪不精神,有雪无诗俗了人。日暮诗成天又雪,与梅并作十分春。"其实,没有雪的照拂,舍辋的白梅照样成诗。

舍辋种植最多的是白梅,也有几树红梅镶嵌在白梅间。田间村舍,它是妆成独立的一树树银花;舍辋水库大坝下,它铺张成十里香雪海;到南岙村的道路两旁,更是浩浩荡荡,铺天盖地成一条十里银河。人行其中,与梅成画,有清风拂来,淡淡地输送一段暗香，直教人在这画里吟诗唱和。

盛唐诗人、画家王维，少年得志，中年寄情山水，写下了很多脍炙人口的诗句，他的水墨山水画，苏东坡称其"画中有诗"。晚年，王维时常隐居在蓝田辋川别业。辋川是他生前的心灵所系之地，在这里，他与好友裴迪留下了《辋川集》二十首。在那篇著名的《山中与裴秀才迪书》中，王维写下了那些他生命中最美好的句子："当待春中，草木蔓发，春山可望，轻鲦出水，白鸥矫翼，露湿青皋，麦陇朝雊，斯之不远，倘能从我游乎？"在生命的最后阶段，他把辋川别业捐作了佛寺，死后葬于辋川以西，他把这些美好永久地留在了辋川。

与辋川别业一样，舍辋村同样拥有山林湖水之胜的天然山谷，它背靠龙灯会山，面朝天灯山，群山环绕之中的满目苍翠，是近万亩的山林和近千亩的耕地。舍辋水库与南岙岭之水在村内汇合，经过镇区流入象山港。建成于 1996 年的舍辋水库，坐落在村子西北，至今还在供应着莼湖镇人民和企业的生活、生产用水。水库周边山清水秀，环境优美，成了城乡居民休闲游玩的好去处。

我站在舍辋水库大坝上，环视四周，近处是青青的山、蓝蓝的水，脚下是一株株粉白的梅，一条弯弯的小路延伸到村落，古老的村落倚溪而建，溪里的汀石上有妇人在浣洗，一座南北向的单拱石桥横跨在宽阔的舍辋溪上，桥边建有"虫二亭"，亭上面的一副对联"白云深处倦境，桃花源里人家"道出了舍辋的风月无边。想那桥两边墨绿的老樟树、清冽的舍辋溪与干净整洁的村落，像是泼墨而成的一幅画，舍辋村是秀丽宁静的，就像是诗人笔下的辋川别业，也像是画家梦里的水乡。

青山绿水有诗意。正值舍辋白梅盛放时，我套用王维的诗，近孟春上，景气和畅，故村殊可过。

原载2022年3月3日《鄞州日报》

明溪溯源

明溪村是有故事的。

西晦溪乃剡溪的源头,而剡溪经奉化江、甬江奔流入海——可以说,西晦溪是甬水之源。

据《溪口镇志》记载,西晦溪发源于秀尖山东北,是剡江正源。流经里考坑、外考坑、壶潭、晦溪、石门、葛竹等,沿途群山起伏,有多路山坑溪水汇入,向东南流入驻岭水库,水库经斑竹、大晦注入亭下水库,至公棠交汇于剡源,全长38公里。

晦溪即如今的明溪。晦溪这个名字,说来还与南宋著名理学家朱熹有关。明溪村由单、徐、应、邹、

明溪景致

许、周、赵等姓氏组成，但以单氏为主姓。单氏第八代世孙名元晟，由东阳迁居奉化晦亭下，为奉化单氏鼻祖。单元晟的长子单邦彦在晦亭下游历至渭水，见此地重峦叠嶂，气势磅礴，水源绵延，自感是藏风纳气之所，是理想的栖身之地，遂从晦亭下移居而来，成为渭水的始迁之祖。单氏在此发族后，传至第七世孙单钦，字崇道，才德超群，官至国史检阅。宋端平二年（1235），单钦开修单氏族谱之先河，特邀南宋著名理学家魏了翁作序。单钦曾与朱熹交好，致仕归隐渭水后，自号"东隐"。

朱熹曾两次前来渭水拜访单钦，并赠诗一首："东隐人兮何处寻？看来只在白云深。围棋心事卑商岭，报瓮情怀尚汉阴。晓日三竿安稳睡，春风两展短长吟。红尘世路休相问，管取陶风酒

金山廊桥

独斟。"朱熹仙逝后,单钦为了怀念与朱熹的友情,遂把渭水更名为晦溪。朱熹,字元晦,又字仲晦,号晦庵,晚年号晦翁,一辈子虽几次改字号,但一直保留了少年时期老师刘子翚所赠予他的一个"晦"字——木晦于根而旺,为人也要独善潜晦,低调行事。清光绪《奉化县志》对此也有载:"朱晦翁过访汇溪单钦,遂改村名为晦溪,以纪念晦翁。"但在本地方言中,"晦溪"音似"晦气",2004年,奉化市(今奉化区)区域调整时,晦溪更名为明溪。从此,旧村名成了历史的记忆。

如今的明溪村是明秀的。它地处溪口最西端,与余姚市四明山镇和嵊州市北漳镇交界。一条公路从亭下湖水库西南一路通到村中。这条环山公路,一侧是山,另一侧是溪。美丽的明溪,群山环抱、涧水淙淙中,一个个村落镶嵌其中,到了明溪村头,视野突然开阔。一座古廊桥的身姿跃入眼帘,穿过巍峨雄壮的金山亭,我赶紧下车一探究竟。

横卧于溪上的这座金山廊桥,已有100多年历史,由当地先民集资而建,曾是出入外界的必经之路。廊桥南北走向,为双孔石木结构,全长28米,桥面宽4.5米,桥墩为条石叠砌,形如一柄剑,像是洪水中的中流砥柱。上建单檐廊屋,十三开间。桥面铺设木板,两侧设置全木封闭式扶栏和长条木椅,为行人憩息休闲、躲风避雨之用。我在桥上凭栏观景,溪的一边是背倚青山而建的一排新村舍,白墙黑瓦,新农村面貌尽数倒映在清澈的水中;另一边,新建的游步道也是一道美丽的风景,一直通向视觉深处。游步道上的亭廊里挂着红灯笼,一盏盏红灯笼上印有硕大的福字,人在亭廊,清风拂面,脚下是静静流淌的清溪水,让人倍感岁月的静好。

通过晦溪一桥（沿用旧名），我进入明溪村里。我发现，明溪村还有古碉堡、明溪古道、东皇庙等好几处遗存。古碉堡处于明溪村的制高点，泥木结构，虽然久经风雨，原木构件已无存，但泥墙体保存基本完好。据说，此碉堡是百年前村民为了防御匪患入侵，自发出资出力所建，从此成了保村安民的防御工事。明溪村的先民足智多谋、团结和睦的民风，从这座古碉堡遗存中可以得到佐证。

古碉堡遗存

村中的东皇庙已被第四次重建。说起东皇庙，单氏后裔们颇感自豪：古时，单氏有人在皇宫当差，有天皇宫发生火灾，当差的单氏奋力扑救，受到皇上赏赐的"敕赐东皇庙"直督牌匾。单氏族人为表彰他的忠勇之举，在他离世后，在村中修建了一座庙宇，把他塑成身着红袍、满脸通红的东皇菩萨，世代供奉。如今的单氏后裔仍以这位祖先为榜样，告诫人们做人要修身立本。

坐落在村西北角的明溪古道，在鸡东公路尚未开通之前，则是壶潭、明溪等山民入溪口、连嵊州、通余姚的要道。相传该古道曾是"浙东唐诗之路"的东支线，也是文人墨客探寻王羲之后人和四明山胜景的要道之一。

明溪村两山夹峙，山谷幽深，溪绕村前过，流水潺潺，实为休养生息的好地方。宋代文人高元之《大小晦山》盛赞其美景："大晦出小晦，过尽山峰翠。寒云抱幽石，枯卉老蠕濑。沿流路逼侧，当道屋破碎。却立重回首，瀑布泻云背。"

如今明溪水静静流淌，波澜不惊，只有浅浅的吟唱。我知道，明溪是目前宁波市原生态保存最好的区域之一，没有任何污染，充满农耕社会的气息。明溪村处处留有先民凝心合力的历史遗存，明溪人择幽而居，坐拥青山碧水，这一卷生活画面就像明溪水一样恬静、悠然。

原载2023年6月17日《宁波晚报》

大堰村，时光穿过古宅

据《四明谈助》记载，西溪（统名县溪）自镇亭山北流，出柏溪，经牢岩，至县西南，谓之"西溪"。转由绿荷滩至会通、惠政二桥，谓之"龙溪"。北下长汀，为七十二曲，绕连山、松林、长寿、奉化四乡，溉田甚多。

镇亭溪

《奉化县志》记载，县江因流经县城得名。古称镇亭溪、大溪，其中城区一段称龙溪。发源于董李乡第一尖山，至方桥镇与东江汇合，干流长77公里。源头至大桥镇，长59公里，称县溪。西南向东北，流经董李、大堰、万竹、楼岩，经横山水库过尚田至大桥六乡镇。大桥镇以下称县江，流经大桥、舒家、南浦、江口、方桥五乡镇。县江一路有九条支流汇入，属奉化江水系，最终汇入甬江。

大堰村为大堰镇政府所在地（大堰镇古称"连山"）。唐天祐年间（904—907），王氏太公银青公王敬玘迁徙至小万竹（今大堰镇万竹片）。银青公的五世孙奭迁柏溪（今柏坑村），是为柏溪王氏之始迁祖。约在宋初，王姓由柏坑迁居于此，取名大万竹，与小万竹对应。后因此处四面环山，中间平地，形似燕巢，故改名为大燕。北宋景德三年（1006），奉化设八乡五十二都，大堰村归连山乡管辖，为乡政府所在地。至清末均属连山乡。北宋年间，有一位周姓县令，兴利除害，在村前县溪筑大堰埠，既能灌溉田地，又能保证泄洪安全，于是后人将村名改为大堰，以示纪念。大堰村历史悠久，文化底蕴深厚，有巴人故居、狮子阊门等历史遗迹，2018年列入第五批中国传统村落名录。

进入大堰村，迎面就是一座镇亭桥。镇亭桥是建在大溪上的一座仿古廊桥，根据原大堰桥碑记载：大堰桥始建于1953年，1993年重建，并改名为镇亭桥，该桥长60米，宽12米，下部基础工程为混凝土结构，上部木结构造型吸收了古典园林建筑风格，桥上建造有角亭和长廊，廊顶覆有黛瓦。凭栏而立，溪上吹过来清爽的凉风，向远处看去，一座座桥架在大溪上，溪水潺溪，从一道道拦水坝中汩汩而来。溪的西边排列着几株300多年历史的枫杨树，虬枝苍劲，垂身弯腰欲与水面亲近。民居大多是刷着白墙的建筑，它们齐整地伫立在溪边。温暖的阳光照过来，我仿佛置身于山水画中。

时光穿越到明朝。嘉靖二年（1523）的进士王钫（1492—1566），由于清正廉明，政绩显著，一路官至工部尚书，后来又因为抗击倭寇有功，受到皇帝嘉奖，担任了兵部侍郎等重要职位。王钫故居系明代建筑，坐落在下街，大门坐西朝东，面临清澈的县溪，背靠虎头山，原有厅堂三进，现尚存大门及中堂。门前有石狮子一对，昂首相向而蹲，煞是显赫、威严。中门置三级踏垛，左右各有拴马石，人称"狮子阊门"。这个门楼虽也称尚书阊门，其实早在王钫做尚书前已经有了，是替王钫的祖上王文琳建造的。王文琳在明正统六年（1441）曾捐粟2600石，赈济灾民，朝廷因此授他宣议郎，又特地为他建造这个门楼，取名"尚义坊"，以表彰他的乐善好施。不过后来宅子毁于大火，现仅存门楼一座，后按原样恢复，在1982年被奉化市评为第一批文物保护单位，至今已有500多年历史。

王钫故居门楼（狮子阊门）

"巴人故居"以原王钫故居大院中之右厢房为基础，1916年巴人与妻张福娥结婚时所建，距今100多年。卧室北面为厨房，陈列有巴人使用过的部分器具。二楼为陈列室，收藏有巴人塑像一尊、巴人著作49册及相关书籍21册、巴人手稿等。

巴人，本名王任叔，既是著名作家，又是著名外交家，是大堰村一张响当当的名片。我们从时光深处探寻他的人生轨迹，不难发现其各方面闪耀的光环：21岁起发表散文、诗作、小说，并由郑振铎介绍加入文学研究会。之后任《四明日报》编辑，主编副刊《文学》。相继发表小说《疲惫者》，短篇小说集《监狱》，翻译《苏俄女教师日记》、日本长篇小说《铁》等。1924年加入中国社会主义青年团，1926年转为中共党员，并于1926年至1935年间三

巴人故居

次被捕，1937年重新入党并任中共江苏省文委委员。与许广平、郑振铎、胡愈之等共同编辑《鲁迅全集》，主编《译报·大家谈》《申报·自由谈》《公论丛书》，撰写出版《文学读本》《边鼓集》和剧本《前夜》等。巴人虽历经被捕，中间还有一次与党组织失去联系，但革命信念不灭，曾在上海参与发起中国自由运动大同盟，参加营救沈钧儒、邹韬奋等七君子活动，在新加坡领导文化界开展反法西斯斗争。他是我国首位驻印度尼西亚大使，还曾任人民文学出版社社长等。终其一生，跌宕起落，但其知识才华、突出贡献和对革命事业的执着追求终将彪炳史册，熠熠生辉。

清末蜚声浙东的女教育家王慕兰"博览经史百家，工诗词，擅女红"，有"闺阁诗人"之称。她是大堰村"白阊门"建造者王四佐的后人。王四佐是雍正年间进士，曾任两浙盐政使。他为人慷慨好义，乐善好施。雍正五年（1727）捐资独建本邑明伦堂，雍正八年（1730），时遇天灾，捐谷千余石以济饥民。郡城初建育婴堂，又捐田四十亩，当道盛称之。白阊门年代久远，原有正屋、偏屋百余间，规模大，且装饰精美，尤其是老堂前，雀替雕刻奔马、跪羊等以反映"孝慈忠义"主题的内容，寓意深刻，刀法细腻。今虽历经岁月沧桑、时光变迁，尚能从修缮过的门第窥一斑而知全貌。

粼粼的县溪水，日夜奔流，古时有"夜卧静听，其声响亮，如吹双羽管，似奏落霞琴"之盛况，现今溪边的大堰人与大自然相爱共生，必将催发更加美好的明天。

写于2023年8月

剡溪两曲

从溪口到新昌的路上,我几次都从剡溪经过,剡溪边上的六诏村和跸驻村,这些地名蕴藏着的历史故事,引发了我的好奇。今年夏天,我终于走进了剡溪九曲中的两曲——六诏和跸驻。

六诏村口

据《四明山志》记载：奉化之西六十里，有山夹溪而出，蓊然深茂者，剡源山也。谓之剡源者，以其近越之剡县名之一也。剡源之溪，以曲数者凡九。

奉化江的主流剡江，其上游剡溪，穿越溪口镇，有"剡溪九曲"胜景。剡溪九曲分别为，六诏、跸驻、两湖、臼坑、三石、茅渚、斑溪、高岙、公棠。

清《四明谈助》记载："右军隐于此，六诏不起，故名。"右军是指王羲之，他是琅琊临沂（今山东临沂）人，后迁会稽山阴县（今浙江绍兴），是东晋时期著名的书法家，有"书圣"之誉。

王羲之担任会稽郡内史时，郡治在今天的绍兴城。东晋永和十一年（355），王羲之因受会稽郡刺史王述的排斥，毅然辞去右将军之职，从会稽郡城迁至剡县之金庭，隐迹山林。他在距金庭数十里的剡源晚香岭，也就是现在的六诏村附近，写字牧鹅。

晋穆帝司马聃是个爱才之人，听闻王羲之辞职隐居，非常震惊，连下六道诏书，诺以委任新职。但王羲之归隐之心已决，无意再入官场，一直隐居在剡溪之源，以书画赋诗教育子孙终其一生。此后，"六诏不就"的典故便流传开来。诏书送到的地方，被称作"六诏村"。

如今在六诏村下闸门里还保存着王羲之的"墨池"。只是原始墨池面积大，因下闸门曾在清朝被损毁，在重建时，部分墨池被填埋。尚存的墨池长 5.89 米，宽 2.85 米，水池东面置一长条石，其余三面均由块石垒成。水池有溪水流入，终年不断。墨池边，村民放养鸡鸭，一派人间烟火。

五代十国时期，吴越国创建者钱镠崇拜"书圣"，曾到六诏村巡视，村民为纪念他的到巡，在村中已圮废的王右军祠遗址上建起了钱王庙（钱王庙"文革"时被毁，21世纪初又复建），而把王右军祠迁建于晚香岭（现今王右军祠已无迹可寻，原址仅留有上刻"桐柏真地　金庭不死之乡　水碓六诏晚香岭"的石方柱一根）。

六诏村王羲之墨池

跸驻这个村名，与帝王有关。跸是帝王用语，或指古代帝王出行时，开路清道，禁止通行；或指帝王的车驾或出行时的住所。跸驻得名始于钱王。《四明谈助》记载：五代时，陈殿中隐于此，吴越忠懿王亲往顾之，故有是名。

五代时，名士陈文雅退隐江湖，避乱隐居于剡溪畔，在金塘坞寺院剃发为僧，不求功名闻达。待到忠懿王钱俶即位，听闻陈文雅有盖世之才，于是亲自前往剡溪，邀陈文雅出山，助其安定吴越。陈文雅出山后，官至殿中监，人称"陈殿中"。因钱王在此驻跸，故得地名跸驻。时人为纪念，在村头曾建有钱王祠，后又改成庙，如今遗址已改作他用，村名一直被保留下来。

剡溪一二曲，先是有王羲之"六诏不就"之隐居，后又有吴越王"亲往顾之"邀陈殿中，究竟是什么魔力让人安心隐于此？

曲折逶迤又风景优美的剡溪九曲，历代寻访者不计其数，文人墨客，吟咏不绝。

元末明初，台州临海诗人陈基曾游历剡溪九曲，他给一二曲留下诗句。"一曲溪头内史家，清泉白石映桃花。当时坚卧非邀宠，六诏不还百世夸。""二曲山头草木芳，钱王驻跸有余光。故家乔木今无恙，礼乐衣冠比郑乡。"明初"吴中四杰"之高启留有诗，一曲："欲知溪流长，百转来越峤。舟行安能极？岚路入斜照。清景不足娱，昔人岂辞诏？石砚久谁磨，空灵闭遗庙。"二曲："殿中初未仕，高节振衰谢。读书在兹丘，萧然竹间舍。王来有深言，留宿山水夜。谁云南阳翁，独枉将军驾？"

清代史学家全祖望《剡溪九曲辞》写道："溪流泻碧玉，蜿蜒出山麓。山溪雨蒙蒙，遗音在山谷。"我想，这剡溪的曲歌遗音里一定有书圣王羲之挥毫着墨的浩气，也有陈文雅遇上钱王两相甚欢的谈笑风生，抑或也有南宋婉约派词人李清照，为避金兵之乱，曾两次追慕王羲之足迹寓居六诏，因而留下的余音绕梁。

剡溪一二曲曾经是商贸兴盛之地，如今依稀能看出当年商贸繁荣的痕迹。

清朝后期及民国初期，六诏村因是剡溪黄金水道的始发地，成为宁波地区有名的商贸集散地。山民们肩挑手推，将茶叶、笋干、木料、药材运到村口的埠头。下跸驻村，是剡溪竹筏航运的必经之埠，在今江拔线北曾设有上行和下行两个航埠，货物用竹排运输到岩头村、萧王庙等地，再通过转驳船，运往奉化县城以及宁波周边地区。当时六诏村的街道非常繁荣，沿街有杂货店、米店、肉铺、酒坊、钱庄、旅馆等，被人们称为"小宁波"。下跸驻村则由人气和商机繁衍出集市贸易街，如今村口聚胜桥沿西有一条巷子，还留着直街某号的门牌号，直街由东向西延伸，街上曾开设盐铺、水产品店、肉铺、布店、百杂店、理发店，还有出售胭脂水粉的化妆品店等。

如今，当我行走在剡溪一二曲，面对依旧清洌的剡溪，由长满青苔的石头墙、老式的木窗、脱了漆的门板和生了锈的门环等构成的饱经风霜的旧式大屋，以及那些古老宅院里于时光中恬淡静逸的老人，不由感慨：六诏村，下跸驻村，从王羲之、陈殿中的隐居地到陈基看到的诗书礼乐之乡，再到民国时期的殷实山村，直至今天城市化背景下的寂寥，乡间的文化古村会有着同样的命运吗？

青山依旧在，几度夕阳红。

原载 2023 年 11 月《宁波老年教育》

后 记

这是我的第一本散文随笔集,之所以整理成书,是为了给自己这些年的写作一个交代。

我年轻时和许多文学青年一样,有过"作家梦"和"诗人梦"。那时,作几首小诗,偶有零星诗作发表于报刊。20世纪七八十年代,我在各科成绩较均衡的情况下,自然而然地选择"学好数理化,走遍天下都不怕"的理工科,一直到退休前都与文学写作没有交集。退休后,我喜欢到处走走,给报社写一些旅游推广文章。直到我得知宁波老年大学设有文学写作课程时,我内心深埋的文学种子被唤醒了。我要让自己的梦想变成现实。

2018年9月起,我陆续写了一些文字投于报刊,承蒙编辑老师抬爱,至今已发表百余篇。我从中整理了69篇在宁波各大报刊,以及在老年大学校报、校刊上发表的散文作品及9篇生活随笔,编成了这本散文集。

全书六辑。第一辑"听风",是我的情感表达和见闻感悟,"当芦花飘起,我们知道,芦苇经历过春的青葱翠绿、夏的生机勃勃,到了现在成熟的季节,是时候把最美的风韵回报给这个秋天了",开篇的《当芦花飘起》说的正是我现在的人生阶段,就像是芦花到了最美的时候;第二辑"行游",是我对美好山河的热爱和赞美,那些在我看来都是阳光灿烂的日子非常值得珍藏;第三辑"味道",是我对家乡最有代表性的几种美食的致敬,它们是我们刚刚吃过的"夏至杨梅",是夏天的消暑饮品"木莲冻",是春天的"麻糍",冬天的"牡蛎",还有一年四季的"青鱼划水"等,我尝试用我浅显的文字烧出这些"味道"以飨读者;第四辑"回望",不纯粹是回忆录,是我对自己过去的无限眷恋之情;第五辑"品读",写的是我的读书感悟以及在老年大学就读的一些心路历程等;第六辑"乡村记忆",是我走读乡村后尝试进行的历史类题材写作。

我的这本散文集,采用非虚构写作,取材来源于自己亲历过的生活,想到哪儿就写到哪儿,文字青涩。好在,我没有辜负这些年的写作练习。

时节正是酷暑,而我在人生之秋。保持一份对文学的虔诚,以一本薄薄的册子来激励自己,挺好。未来我愿继续这份热爱,直到永远。

写于 2024 年 7 月